KB260996

Play Girlz!

Play Girlz!

애프터스쿨 브런치 에세이

21세기북스

우리는 애프터스쿨이다

3년간의 연습, 3년간의 기다림, 4장의 싱글앨범, 애프터스쿨을 거쳐 간 멤버 9명.

2009년 1월, 세상에 모습을 보인 우리 애프터스쿨의 지난 발자취다.

단 1줄로 1년이 넘는 시간이 요약됐지만 그 시간 속에는 얼마나 많은 땀과 노력,

희망과 좌절, 기쁨과 슬픔이 있었는지 사람들은 모른다.

때로는 작은 칭찬과 격려 한 마디에 가슴 벅찬 기쁨을 느꼈고 때로는 생각 없이

던진 댓글 하나에 아파하고 모든 것이 무너지는 아픔을 겪기도 했지만,

어쨌든 우리는 왔다. 여기까지 왔다. 바로 우리의 모든 것인 음악과 춤을

통해서 말이다.

이제 떨리는 마음으로 《Play Girlz!》를 세상에 선보인다. 음악을 통해 무대에

설 때와는 또 다른 설렘과 긴장감이 든다. 우리는 가수니까, 책을 통해 팬과

독자와 이야기를 나눔은 그 자체로 다시금 우리에게 새로운 도전이고 모험이다.

많은 사람들이 환호해줄 것이다. 또, 많은 사람들이 비난할 것이다.

그러나 우리 애프터스쿨은 이제 안다. 칭찬은 감사히 듣고 남기지 않고

비판은 겸허히 수용하고 역시 남기지 않는 것임을.

거침없이 질주하면서도 여유를 갖고 우리에 관한 소리에 귀 기울일 줄
알아야함을. 그것이 애프터스쿨을 사랑하고 지켜봐주시고 아껴주시는 모든 분
들에 대해 우리가 갖춰야할 자세다.

《Play Girlz!》에서 우리는 지금까지와는 조금 다른 모습을 여러분께
들려드릴 것이다. 그간 방송에서 보여진 우리의 모습이 주로 파워풀하고
열정적인 모습이었다면 이 책에서 우리는 평범한 일상으로 돌아가 브런치를
즐기며 여러분께 그간 기회가 없어 하지 못했던 진솔한 우리의
이야기를 하려고 한다.

애프터스쿨의 기쁨, 슬픔, 즐거움, 아픔 등을 모두 말이다. 아마도 그간 느끼지
못하셨던 우리의 솔직하고 다양한 모습들을 접하실 수 있을 것이다.
그렇기에 더 기대되고 두근거리고 설렌다.

늘 바쁘고 힘든 일상에 지친 여러분에게 애프터스쿨이 달콤한 제안을
하려고 한다. 애프터스쿨이 정성스레 준비한 브런치와 맛있고 풍성한 대화를
함께 즐기자고 말이다.

With Play Girlz!

prologue

가희 Kahi_046

네가 하지 않으면 안 되는 일이 있어

반짝반짝 우정 반지, 꼭 해줄게

엄마 닮았나봐요

One Voice

노력을 이기는 재능은 없다

죽기 전에 꼭 가보고 싶은 나라

할아버지 보시기에 기쁜 일

정아 Junga_076

눈물만큼 성숙해지고

꿈을 향한 질주, 그래도 남는 후회

든든한 나의 가족들

정말 소중한 나의 사람들

고마워요, 나의 또 다른 가족

Go for it

나 자신에게 약속해

주연 Juyeon_100

넌 할 수 있어

My Hot Item

오락가락 수은주 같은 내 마음

스무 살, 훌쩍 떠나는 여행

달갑지 않은 외로움, 그래도

나만의 색깔, 나만의 느낌

표현 못해서 미안해

베카 Bekah _ 128

가족과 함께 하는 순간, 눈물과 기쁨이 함께해요

1위의 순간, 믿어지지 않았어요

실수는 나의 힘

아, 나의 한강이여

미친듯이 놀아보세요

소울 푸드를 함께 나눠보지 않으실래요

해바라기 같은 사랑을 하고 싶어요

유이 Uie _ 160

내 인생 최고의 날

Please, Stop

너무 부러운 우리 멤버들, 배우고 싶어

다시 태어나도, 나는 가수야

당신은 나의 우상, 비욘세

선택의 기로에서

두근두근 홀로서기

레이나 Raina _ 184

프로는 얄팍하지 않다

가끔은 오혜린으로 살기

비교하면 지는 거다

우리 같이 걸어볼까요

현재 스코어 20대 80

비밀이야, 너에게만 고백할게

KEEP GOING

나나 nana_214

내 친구, 내 동생 해피야, 사랑해

이 순간의 추억을 영원히

38살, 나의 생일 일기

나의 소중한 딸에게

남다른 나만의 웨딩마치

10년 후의 나

나는 소망한다! 동물 학대가 없는 세상을

리지 lizzy_238

언젠가는 꼭 해낼거야

이 감동, 꼭 돌려 드리겠어요

Sixteen going on Seventeen

바다, 그 은밀한 기쁨

매운 맛의 위력

작은 습관을 하나 만드세요

아름다운 중독

after school playing time!

girlz photo

Bar & Dining   Salon de myt
becue Party   FOOD   Tapas
(2인)   The Grill Barbecue   Soup
cue Set(4인)   Salad   Dessert
28,000   Pasta   Dinner Course
계약제   Rice

after
school
special
Brunch
inter-
view

가희 kahi

언제 브런치를 처음 먹어봤나요?

스물네 살, LA에서 일할 때였는데 친구의 소개로 근처 브런치 레스토랑에 간 적이 있어요. 멋없이 크기만 한 하얀 접시에 핫케이크와 스크램블 에그, 소시지와 베이컨이 올려져 있었는데 친구들이 이게 바로 '브런치'라고 알려주었고, 실망했던 것 같아요. 뭐야, 예쁘지도 않고 너무 평범하잖아! 하지만 맛은 정말 끝내줬어요. 다른 레스토랑에서 먹던 것보다 한 차원 업그레이드 된 맛이라고나 할까요. 우리나라로 치면 허름하지만 백반을 정말 잘하는 식당이었던 거죠. ^^

특별히 꿈꾸는 브런치 장소가 있나요?

하와이에 집이 있는 베카가 가장 반길 만한 이야기인데, 언젠가 와이키키 해변에 다 같이 놀러가서 브런치를 먹어보고 싶어요. 거대한 바다 가득 떨어지는 햇살을 느끼며 먹는 브런치라면 뭘 먹어도 맛있지 않을까요? 브런치를 먹다가 바다로 뛰어들지도 몰라요. ^^

사랑하는 사람이 생긴다면, 꼭 만들어 주고 싶은 브런치 메뉴는 뭔가요?

음, 너무 많은네요! 일단 포근하고 달콤한 맛의 오믈렛을 만들겠어요. 좀 특이하게 만들어서 그의 마음을 사로잡아야겠죠? 밥과 치즈 없이 야채와 하이라이스 소스만 뿌려진 오믈렛을 먹은 적이 있는데 정말 맛있었어요. 한쪽에 얌전하게 놓인 작은 함박 스테이크가 포인트인 요리였죠. 혹은 고르곤졸라 피자를 만들어 보겠어요. 남자들이 은근 이 꿀에 찍어먹는 피자를 좋아하더라구요. 바삭한 씬 도우에 약간의 짭짤한 치즈가 얹혀진 이 피자는 와인과 곁들여 먹어도 그만이랍니다. 로맨틱한 분위기를 내는 데 딱 좋은 요리예요.

정아 Junga

사람이 많지 않은 한적한, 탁 트인 경치가 아름다운 자연 속에서 브런치를 즐기고 싶어요. 아름드리나무 아래에 아늑한 공간을 마련해서, 예쁜 테이블을 사이에 두고 사랑하는 사람들과 함께하는 브런치는 상상만으로도 행복해요.

아이스크림과 꿀, 버터크림을 얹은 갓 구운 따끈한 와플을 만들고 싶어요. 거기에 과일 컴포트도 곁들이면 맛이 더 풍부해지겠죠? 전 한 입만 먹어도 행복해 질 것 같은 그런 브런치 메뉴가 좋아요. 제가 좋아하는 과일로 가벼운 브런치를 만들어도 좋고, 치킨이나 해물을 쓴 풍성한 브런치도 좋을 것 같아요.

관자구이! 드라마 〈파스타〉에서 나왔던 그 관자구이 요리는 보기만 해도 배가 고플 정도였어요. 언젠가 먹을 기회가 있었는데, 가격에 비해 너무 양이 삭아서 그만 포기했죠. 꼭 먹어보고 싶어요!

주연 Juyeon

'브런치'하면 떠오르는 것?

아침을 시작하는 상쾌함, 그리고 친구들과 함께하는 가벼운 수다 같은 즐거움! 입을 즐겁게 해 주는 맛있는 음식과, 끊이지 않고 얘깃거리가 나오는 친구들과의 가벼우면서 친밀한 대화가 이어지는 평화로운 시간 같은 느낌이요. 소중한 사람들과 나누는 그런 즐거운 한 때를 만들어 주는 게 브런치의 느낌 같아요.

브런치와의 첫 만남?

해외여행 중 묵은 호텔에서 브런치라는 걸 알게 된 것 같아요. 아침과 점심 사이, 여행자들이 느긋하게 일어나는 그 시간에 제공되는 브런치를 처음 봤을 땐 왠지 신기했어요. 일상적인 생활 속에서는 브런치를 먹을 기회가 많지 않으니까요. 그런 낯선 장소, 낯선 시간대에 맛보는 브런치가 너무 좋았어요.

내가 생각하는 이상적인 브런치 타임을 그려본다면?

테마가 있는, 친구들끼리 즐길 수 있는 색다른 이벤트가 있는 브런치 타임을 갖고 싶어요. 중요한 건 모이는 우리만의 장소를 만드는 것! 펜션 같은 곳에서 친한 친구들만 모여서 테마에 맞게 장식도 닿고, 세팅도 해서 재밌는 파티를 여는 거죠. 레드, 블랙 같은 컬러코드도 정하고, 드레스 코드도 정한 이색적인 브런치 타임이면 재밌을 것 같아요. 정말 여유로운 피크닉 브런치도 누워서 책도 읽고, 사진도 찍고 하면서 맘껏 여유로움을 즐기고 싶어요.

베카 Bekah

빵 굽는 걸 너무나 좋아해요. 빵집이 제 꿈이었을 정도로요. 식빵, 크루아상,
버터롤, 쉬폰 케이크 등은 멤버들에게 좋은 평가를 받았던 메뉴예요. 스테이크
를 굽고 샐러드를 곁들인 요리를 한 적도 있는데 역시 다들 좋아했어요. 반면
잘 못하는 건 포치드 에그, 즉 수란이예요. 달걀을 깨뜨려 끓는 물속에서 형태
를 그대로 보존하면서 익혀야 하는데, 번번이 실패했어요. 브런치 잘 하는 레
스토랑에 가면 정말 예쁘게 나오는데. 속상해요. 하지만 열심히 연습하고 있답
니다.

고기를 무척 좋아해요. 특히 차돌박이요. 그게 무슨 브런치냐고 물으신다면,
음, '차돌박이를 이용해 브런치를 만들면 되옵니다'라고 답하겠어요. 찹쌀가루
를 묻혀 구운 차돌박이에 상큼하게 맛을 낸 영양부추 무침을 얹은 한식 요리를
먹은 적이 있는데, 정말 맛있었거든요. 커다란 접시에 이 두 가지를 얹고 한쪽
에 스쿱으로 뜬 동그란 밥 혹은 간장 소스를 묻혀 구운 오니기리를 곁들인다면
꽤 근사한 브런치가 완성되지 않을까요?

다이어트 하느라 힘들었던 적이 있어요. 사람들은 다 맛있게 먹고 있는데 혼자
만 못 먹는 거, 정말 죽음이거든요. 햄버거가 너무 먹고 싶었지만 사람들 앞에
선 꾹 참았다가, 집에서 운 적도 있어요. 지금은 다행히 먹고 싶은 거 먹으면서
도 조절을 잘 하고 있어요.

유이 uie

'브런치'하면 떠오르는 것?

아침과 점심, 그 사이의 느긋한 여유로움! 시간에 쫓기지 않고, 말이 없어도 편안한 그런 여유로움이 생각나요. 햇살 좋은 날, 노천카페에 앉아 지나가는 사람들과 풍경을 바라보는 그런 편안한 느낌이랄까?

브런치의 행복을 느낀 최고의 순간은?

촬영차 발리에 갔던 어느 날 아침의 브런치가 기억나요. 스케줄이 없는 날 느긋하게 늦잠을 자고 서너 명의 스태프와 함께 야외카페에서 브런치 타임을 가졌죠. 스크램블 에그에 토스트뿐인 간단한 식사였지만, 아무 생각 없이 아름다운 바다를 바라보며 한두 마디씩 짧은 대화를 나누는 그 순간이 너무 좋았어요.

내가 생각하는 이상적인 브런치 타임을 그려본다면?

우선은 마음 터놓고 얘기할 수 있는, 정말 친한 친구 서너 명이 있으면 좋겠죠. 친구들과 파사마 파디를 하고, 그 다음 날 천천히 일어나서 브런치 음식을 만들고, 그리고 근처 공원으로 찾아가 야외 브런치를 즐기고 싶어요. 체크무늬 돗자리에 바구니에는 각자 만든 음식을 담아서. 꾸미지 않은 편안한 차림으로 즐겁게 이야기를 나누는 여유로운 시간, 제겐 제일 이상적인 브런치 파티일 것 같아요. ^^

레이나 Raina

책이 드디어 세상에 나오게 되서 정말 뿌듯하답니다. 무대 위에서 노래하는 일 말고도 다 함께 재미있게 도전할 수 있는 테마가 주어져서 그동안 너무 즐거웠어요. 저를 비롯한 멤버 모두가 에세이 내용 하나하나, 요리 메뉴 하나하나를 정하는 일에 많은 시간과 정성을 기울였답니다. 특히 여기에 소개된 요리 레시피는 20대 싱글 친구들이 쉽게 만들어 먹을 수 있는 것들이라 실용적이예요. 이번 주말 친구를 초대해 집에서 브런치 파티를 열어보세요.

집 이외의 근사한 브런치 장소로는 어디가 좋을까요?

친구들을 초대해야 한다면 말이죠. 서울숲 공원을 추천하고 싶어요! 돗자리를 깔고 누울 수 있는 너른 잔디밭이 펼쳐져 있고 주변은 온통 나무들뿐이라 마치 외곽으로 놀러 나온 기분이 들거든요. 마냥 쏟아지는 햇살이 부담스럽다면 작은 천막용 텐트를 가져와서 그늘을 만들면 하루 종일 놀아도 문제없답니다. 심심해지면 친구들과 자전거를 빌려서 공원을 한 바퀴 돌아도 좋구요.

책에 나오는 메뉴 중 레이나가 가장 좋아하는 건 뭔가요?

버섯 키슈예요. 키슈는 원래 프랑스인들의 전통음식이었지만 지금은 유럽인들이 사랑해마지 않는 브런치 메뉴랍니다. 타르트 틀만 있으면 만드는 법은 간단해요. 각종 버섯과 양파, 시금치 등의 야채를 이 틀에 넣고 생크림, 달걀, 치즈 등을 붓고 얹은 후 오븐에 굽기만 하면 되니까요. 먹고 싶은 재료를 아무거나 다 넣어도 상관없답니다. 다양한 재료가 들어가기 때문에 영양이 풍부해 든든한 한 끼 식사로도 손색이 없어요.

나나 Nana

'브런치'하면 떠오르는 것?
브런치 하면 왠지 여자들만이 즐길 수 있는, 여자를 위한 평화로운 시간이라는
생각이 들어요. 가벼운 음식들이라 살도 안 찔거 같고. 남자들이 모여서 브런
치를 하는 건 좀 이상할 거 같아요. ^^

브런치의 행복을 느낀 순간은?
친구들과 케이크와 음료수를 놓고 수다 떨면서 보내는 그런 시간인 것 같아요.
나를 잘 아는 친구들이랑 자유롭게 얘기하고, 그러면서 스트레스도 풀고…….
특별할 것도 없는 소박한 시간이지만, 제게 조금이라도 여유가 생기면 그런 시
간을 꼭 갖고 싶어요. 가능하면 매일매일이면 더 좋구요!

내가 생각하는 이상적인 브런치 타임을 그려본다면?
탁 트인 하늘과 높은 산으로 둘러싸인 그런 고즈넉하고 시원한 고원 같은 곳이
면 참 좋을 거 같아요. 저 멀리 마을도 보일 정도로 높고, 사람이 없는 조용한
곳에 있는 통나무로 만든 산장 같은 곳이면 딱일것 같아요. 그곳에서 정말 친
한 친구들과 함께 먹는 브런치라면 너무 맛있을 거 같아요.

나만의 브런치 메뉴를 만든다면?
정말 아무도 보지 못한, 생전 처음 보는 그런 메뉴를 만들어 보고 싶어요. 우선
상큼한 젤리를 종류별로 잔뜩 사다가 커다란 접시에 다 섞어서 얹은 다음, 그
위에 정말 신 레몬즙을 듬뿍, 또 모짜렐라 치즈도 좌악 뿌릴 거에요. 맛있으려
나? 음료수도 정말 상큼하다 못해 신 걸로 곁들여 놓고요.

리지 Lizzy

브런치 하면 생각나는 사람은 누구인가요?

부모님이요! 제 인생의 첫 번째 브런치는 부모님과 함께였거든요. 주말에 시간
이 나실 때마다 맛있는 걸 자주 사주셨는데 생각해보니 그게 바로 브런치였던
거죠. 그때 가장 자주 사주셨던 음식은 크림 스파게티예요. 처음엔 좀 느끼했죠.
하지만 지금은 가장 좋아하는 음식이 되었어요. 함께 하는 사람이 누구냐에 따
라 브런치 맛은 상대적으로 변하는 것 같아요.

직접 만들어보고 싶은 브런치 메뉴가 있다면요?

직접 만든 빵을 곁들인 잉글리시 블랙퍼스트를 만들어 보고 싶어요. 지글지글
익힌 맛 좋은 소시지랑 에그 후라이, 신선한 버섯 샐러드랑 함께요. 빵을 강조하
는 건, 제가 자신이 있기 때문이에요. 빵 굽는 게 너무 좋아서 밤부터 새벽까지
잠도 안자고 구웠던 적도 많거든요. 식빵, 허브빵, 깨찰빵, 쿠키를 구우면서 너
무 행복했어요. 내가 만든 음식을 누군가 먹고 기뻐할 생각을 하면 힘이 나요.

브런치 에세이를 쓰게 된 이유가 있나요?

브런치는 로망이니까요! 오랜만에 쉬는 주말 오후, 친구들과 모여 맛있는 브런
치를 즐기는 일이야 말로 평소 늘 바라는 일이에요. 무대에서 내려와 정말 편
하게 아무 걱정 없이 즐기는 밥 한 끼야말로 꿀맛이거든요. 아마도 이 책의 독
자 여러분도 똑같지 않을까 생각했어요. 평소 치열하게 일하고 대신 오랜만의
휴식에 달콤한 보상을 원하는 건 누구나 꿈꾸는 일이니까요. 그래서 친구들끼
리 모였을 때 브런치로 활용하기에 좋은, 쉽게 만들 수 있는 요리들을 소개하
면 도움이 되겠다 싶었죠. 우리들이 살아가는 이야기도 버무려서 맛있는 브런
치 에세이를 만들고 싶었답니다.

after school brunch in essay

Kahi

네가 하지 않으면 안되는 일이 있어

출발 _ Start

2009년 1월 17일. 이 날은 아마 죽을 때까지 기억에서 지워지지 않을 것 같다. 바로 애프터스쿨로 세상에 첫 선을 보인 날. 나, 박가희가 데뷔한 날이니까. 마치 전쟁터에 나가는 군인처럼 바짝 긴장했지만 무대에 서고 보니 즐겁고 벅차기만 해서 너무나 좋았던 하루. 기다려 온 세월에 비해 데뷔 무대 자체는 한 순간에 정신없게 지나가 버려 좀 허무하기도 했지만, 어쨌건 끝내주게 감개무량했던 날. 뮤지션이 되겠다는 꿈을 품고 맹렬히 달려온 지 무려 10년 만에 이룬 소중한 성공! 이 날이야말로 내 인생의 진정한 출발점이라 감히 말하고 싶다.

이 날 이후 나는 마치 전도사처럼 후배들에게 해주고 다니는 말이 생겼다. "네가 하지 않으면 안 되는 일, 그걸 꼭 찾아내렴!"

사실 이 말은 10년 전의 내가 스스로에게 되풀이했던 이야기이기도 하다. 누구나 자기가 하고 싶은 일을 다 하고 살 수는 없다. 그게 냉엄한 현실이다. 재능이 부족해서, 환경이 안 따라줘서, 실현 가능성이 없어서 등등의 이유는 너무나 많다. 하지만 그 중에서 단 한 가지는 예외다.

나라서, 나니까 꼭 하지 않으면 안 되는 일이 있다. 그걸 반드시 찾아내서 꼭 이뤄야 한다. 그 앞에 어떤 가시밭길이 펼쳐져 있어도, 헤치고 나가야 한다. 그게 바로 꿈이란 거니까.

진짜 꿈을 이뤄가는 것, 그게 바로 살아가는 이유가 아닐까, 거창하지만 두렵고 힘들 때마다 난 종종 그런 생각으로 버티곤 했다. 나 역시 가수의 꿈을 접고 편하게 살 수도 있었다. 카지노 딜러가 될 수도 있었고 스튜어디스가 될 수도 있었다. 모델 제의도 받아 봤고, 그냥 하던 일 그대로 백댄서의 길을 쭈욱 갈 수도 있었다. 하지만 나에겐 가수라는 꿈이 있었다. 어느 날 꾸깃꾸깃 구겨놓았던 그 꿈을 펼치기 시작했을 때 진정 살아있는 느낌이었다. 비록 처음엔 아무도 인정해주지 않았고 아무런 지원도 받지 못했으며 자존심은 있는 데로 다 상했지만 그래도 상관없을 정도로 가슴 한 켠이 늘 콩닥콩닥 뛰었던 것 같다.

애프터스쿨로 새로운 출발을 한 이후 내게는 많은 변화가 생겼다. 우리를 응원해주는 수많은 사람들을 만났고 우리를 사랑해주는 소중한 팬들을 만났다. 무엇보다 함께 꿈을 꾸고 같은 곳을 바라보는 친구들이 생겼다. 힘든 일이 생겨도 8조각으로 나누어지기 때문에 이전보다 훨씬 견디기 쉬워졌다. 그러나 뭐니 뭐니 해도 새로운 출발이 나에게 가져다 준 가장 큰 선물은 바로 이것이다. 꿈을 이루기 위해 견뎌왔던 지난 시간들 덕분에 인생의 그 어느 순간보다 지금 이 순간, 가장 단단하다는 것, 강해졌다는 것! 그래서 나는 더더욱 눈에 힘을 주고 미실처럼 사람들에게 이렇게 말하곤 한다.

"당신이 하지 않으면 안 되는 일, 반드시 그것을 찾아내세요!"

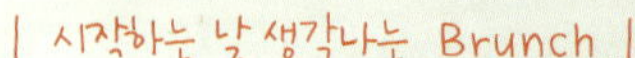

옥수수 팬케이크와
아스파라거스 베이컨 말이

재료

캔 옥수수 1컵, 우유 1/3컵, 핫케익 믹스 2컵, 달걀 1개, 아스파라거스
6개, 베이컨 6장, 방울토마토 6개, 후추, 포도씨유 약간씩

만들기

1. 캔 옥수수와 우유는 믹서에 넣어 큼직하게 간 다음,
핫케익믹스와 달걀을 넣고 반죽하여 팬에 한 국자씩 떠 넣어 굽는다.
2. 아스파라거스는 소금물에 살짝 데친 뒤, 베이컨으로 말아
후추와 포도씨유를 약간 뿌리고 달군 팬에 익혀서 접시에 1과
반으로 썬 방울토마토와 함께 곁들여 담아낸다.

반짝반짝 우정반지, 꼭 해줄게

기쁠 때나 슬플 때나 검은 머리 파뿌리 될 때까지 서로를 돕고 아끼며……. 웨딩 주례사의 한 구절처럼, 정말이지 이런 마음으로 일생을 함께 하고픈 소중한 친구들이 있다. 한 명은 십년지기, 한 명은 다혈질, 한 명은 애 엄마, 한 명은 '한국의 디바'라 내가 인정하는 손담비 양이다. 애칭으로 부르는 호칭이 각각 다르듯이 친구들의 개성은 너무나 달라서 가끔은 '우리가 어떻게 친구가 됐지?' 하고 되물을 정도다. 특히 십년지기 친구는 나와 모든 게 다 반대다. 키도 작고 운동은 안 하며 스타일은 매우 귀엽다. 진짜 코드가 맞는 게 단 하나도 없다. 그런데 신기하게도 함께 있으면 내가 늘 웃게 된다. 나뿐만 아니라 다들 마찬가지다. 각자 아무리 힘들고 어려운 일이 있어도 다 함께 모여 수다를 떨다 보면 어느새 웃으면서 이야기하고 있다.

그렇게 소중한 친구들이기에 우리는 어느 날 우리의 만남(?)을 기념해 우정 반지를 맞추기로 했다. 새끼손가락에 끼우는 은으로 된 싸구려 반지였지만 그걸 맞추면서 너무 흥분되고 재미있어서 깔깔대고 웃었던 것 같다. 나뭇잎 구르는 소리에도 웃는다는 말이 있는데, 우리가 모이면 어느새 그런 기운이 마구마구 퍼져나간다. 화기애애한 분위기 속에서 반지를 맞추며 우리는 한 가지 규칙을 정했다. "모일 때마다 안 끼고 나오면 벌금 만원이야~!"

그렇게 으름장을 놓던 때가 엊그제 같은데 그로부터 벌써 3년이란 시간이 흘렀다. 사실 난 얼마 안 가 그 반지를 잃어버렸다. 다른 한 친구도 잃어버렸다고 은밀히 나에게만 고백을 해왔다. 그러니까 지금까지 우리 둘이 벌금 낼 돈만 따지면 수백만 원도 넘을 거다.^^

물론 나머지 두 친구들에게는 너무 미안하다. 책상 깊숙한 곳에 잘 간직해 두고 언젠가 리모델링할 마음까지 먹고 있다는 친구의 얘기를 들었을 땐 정말이지 쥐구멍에라도 숨고 싶은 심정이었다. 하지만 일부러 그런 건 아니니 이 엄청난(!) 사실을 알게 되더라도 그들은 잘 이해해주리라 믿는다.

사실 내가 실수를 해 놓고도 당당히 고백하는 건, 반지를 막상 잃어버리고 나자 차라리 잘 됐다는 생각을 했기 때문이다. 다 같이 반지를 맞출 때 난 몰래 이런 마음을 먹었었다. 지금은 비록 싸구려 은반지지만 나중에 내가 정말 잘 되면 다이아몬드 같은 게 박힌 귀하고 멋진 반지를 모두에게 선물해주겠다고. 혹시 너무나 어이없이 반지를 잃어버린 건 이런 내 의지를 꼭 이루라는 하늘의 뜻(!)이 아닐까?^^ 하루라도 그 날을 앞당기기 위해, 난 지금도 열심히 뛰고 있다. 친구들아, 그러니 즐겁게 기다려다오. 적어도 검은 머리가 파뿌리 되기 전까진 꼭 선물해줄께!

요거트를 곁들인 호밀 크렌베리 스콘

재료

호밀가루 80g, 밀가루 60g, 베이킹파우더 5g, 설탕 30g, 소금 1/4작은 술, 버터 50g, 달걀 1개,
우유 2큰 술, 건조 크렌베리 30g, 플레인 요거트 1통, 생크림 1/2큰 술, 꿀 1작은 술, 계피가루 약간

만들기

1. 가루 재료들은 한 번에 체에 내려 볼에 담는다.
2. 잘게 썬 버터를 1에 넣고 손으로 비벼가며 고루 섞은 뒤, 달걀과 우유를 넣고 대충 섞이면
크랜베리를 넣고 반죽해 한 덩어리 뭉쳐 비닐에 넣고 냉장고에서 30분간 휴지시킨다.
3. 2를 큼직하게 썬 뒤, 170도로 예열된 오븐에서 25분간 구운 뒤, 요거트와 생크림, 꿀, 계피가루
섞은 것을 곁들여 먹는다.

엄마 닮았나봐요

나는 요리에 대한 커다란 로망이 있다. 남자의 피가 흐르고 있는 것도 아닌데 여자가 주방에서 요리하고 있는 모습이 세상에서 제일 예뻐 보일 정도다. 하하. 두 말 하면 잔소리지만 먹는 것 역시 너무 좋아한다. 김치찌개를 잘 하는 식당은 어디고 명란 파스타를 살 하는 레스토랑은 어딘지 0.1초 만에 척척 대답이 튀어 나온다. 그런데 정작 어떤 요리를 잘 만드냐는 질문을 들으면 10초 이상 꾸물거리다 다른 말로 화제를 돌린다. 사실 난 요리를 썩 잘하는 편이 못 된다. 그런 짜증나는 현실이 떠오를 때마다 난 엄마 핑계를 대며 괜한 심통을 부렸더랬다.

"난 엄마 안 닮았나 봐. 그리고 엄마가 맛있는 음식을 너무 쉽게, 뚝딱

뚝딱 만들어주니까 감히 쉽게 도전해 볼 생각도 못했잖아" 물론 엄마는 그런 말이 어딨냐며 펄쩍 뛰셨지만.

　　우리 엄마는 진짜로 못하는 요리가 없으셨다. 엄마가 부엌에서 도마 질을 좀 하시는 것 같으면 눈 깜짝할 새 진수성찬 같은 밥상이 눈앞에 짠하고 펼쳐졌으니까. 닭도리탕, 잡채, 오색 나물, 동그랑땡, 보쌈 등등. 대체 이걸 언제 다 만들었지? 하고 깜짝 놀라는 일이 다반사였다. 요리들은 당연히 맛도 좋았다. 재료 하나하나의 맛을 살려 심심한 것은 심심한 맛으로 감칠맛이 나는 것은 감칠맛을 살려 한 그릇, 한 접시 모두 제대로 된 맛을 보여 줬다고나 할까. 덕분에 난 밖에서 먹는 한식에 관한 한 어지간해선 맛있단 말을 아끼는, 한 마디로 입맛 까다로운 아이로 자랐다.

　　독립해서 살면서부터는 그런 엄마의 멋진 솜씨를 맛볼 일이 거의 없어 졌고 괜한 투정을 부릴 일도 사라져 버려 종종 속상하다. 특히 내가 사랑해 마지않는 엄마표 갈비는 설날에만 겨우 맛볼 수 있는 특식이 되어 버렸다.

　　최근 내가 엄마 맛이 그리울 때마다 궁여지책(?)으로 만들어 먹는 요리는 엉뚱하게도 새우크림커리. 일생 한식을 주종목으로 삼아온 엄마가 아주 가끔 특별식으로 해주시던 음식 중 하나인데 요리 초보자가 만들기에 아주 쉽고 간편하면서도 맛은 끝내주게 좋다. 커리 특유의 감칠맛과 더불어 부드럽고 담백하며 뒷맛도 꽤나 깔끔하다.

하지만 이 정도로는 요리 로망 어쩌고 저쩌고 할 수준이 안 된다. 정말 명함도 못 내민다. 그걸 너무나 잘 아는 나의 소박한 바람은 언젠가 반드시 요리학원에 다니는 것이다. 가장 먼저 배우고 싶은 건 봉골레 스파게티를 만드는 법. 봉골레는 조개의 손질부터 디테일한, 정말 특별한 요리니까. 특히 그 깊은 육즙의 맛은 아무나 흉내 낼 수 있는 게 아니다. 언젠가, 봉골레를 정말 잘 만들게 되는 날, 엄마에게 가장 먼저 전화를 걸어 이렇게 말하겠다.

"엄마, 나 엄마 닮았나 봐. 엄마 덕분에 요리를 너무 잘해. 하하."

새우 크림커리

재료

양파 1/2개, 사과즙 1큰 술, 생강즙 1작은 술, 물 2컵 반, 치킨스톡 1개, 손질새우 8마리, 고형카레 2인 분량, 우유 1/2컵, 생크림 1큰 술, 밥 2 공기, 포도씨유 약간

만들기

1. 양파는 채 썰어 달군 팬에 포도씨유와 함께 넣고 연갈색이 나도록 볶은 뒤, 사과즙과 생강즙, 물, 치킨스톡을 넣어 약불에서 뭉근히 끓인다.

2. 1에 우유와 생크림, 고형카레, 손질새우를 넣고 한소끔 끓여 걸쭉해 지면 불을 끄고 밥과 함께 그릇에 담아낸다.

One Voice

　　방송을 통해 알려졌지만 나의 댄서 생활은 20세 때부터 시작됐다. 활동 3개월 만에 4~5년차 선배들을 제치고 메인 댄서로 무대에 설 정도로 실력도 인정받았고 그만큼 운도 좋았다. DJ DOC, 세븐, 렉시, 보아 등등 셀 수 없이 많은 스타들과 무대에 섰다. 하지만 무대에서 내려와 집에 돌아왔을 땐 뿌듯함보다는 마음이 텅 빈 듯한 느낌에 사로잡힌 적이 더 많았다. 마치 세상의 온갖 힘든 일은 내가 다 겪고 있는 것 같은 느낌. 작은 원룸 한 켠에 쪼그려 앉아 벽에 기대어 한숨 한 번 쉬고, 또 울고.

　　지금 생각해 보면 너무 청승을 떨었던 게 아닌가 싶어 약간 창피하기도 하지만 그때의 난 가수가 되기 위해 집과 가족까지 등진 절박한 청춘이었다. 그래서 힘든 일이 있으면 남보다 2배는 더 힘든 것 같았고 이겨내는 데도 2배의 힘이 들었던 것 같다. 빨리 꿈을 이뤄 가족 앞에 당당하게 서고 싶다는 중압감이 자리하고 있었기에 더욱 그랬다.

그때 나를 지탱해 주던 노래가 바로 브랜디^{Brandy}의 'One Voice.' 브랜디야 말로 나의 20대의 정서와 감성을 지배한 숨은 공로자(?)였다.

If I've got one chance, one choice. I'll sing it from the heart. One song, one voice.

이 후렴구를 처음 들었을 땐 한마디로 전기에 감전된 것처럼 온 몸에 전율이 일었다. '단 한번의 기회가 있다면 내 한 목소리로 노래를 부르겠다'는 가사는 마치 내가 말하고 싶은 것을 브랜디가 대신 웅변해주는 것 같았다. 흑인치곤 약간 가녀린 듯한 보이스와 오버랩되는 웅장한 코러스에 다다르면, 급기야 사방에서 온통 '가희야 너 뭐하니, 네 자리는 여기가 아니잖아'라는 환청이 들려오는 듯했다. 그렇게 노래가 절정에 오르면 어느새 가슴이 벅차올라 양팔을 활짝 벌리고 무대에서 열창하는 내 모습을 머리와 가슴에 담은 채 잠이 들곤 했다. 때로는 누구의 충고나 설교보다는 가슴 벅찬 한 구절의 노래가 더 강력하다. 'One Voice'가 내겐 바로 그런 노래였다. 더 큰 스타가 되어 언젠가 브랜디를 만난다면 '당신의 노래가 20대의 날 만들었다'고 말해주며 그녀를 안아 주고 싶다. 그리고 나도 언젠가 누군가에게 그런 말을 들을 수 있게 되길 간절히 기도하고 노력할 것이다.

핫치즈 토스트

재료

식빵 2장, 슬라이스 햄, 치즈 2장씩, 시금치 4장, 달걀 1개, 우유 3
큰 술, 버터 1/2큰 술, 소금약간

만들기

1. 식빵에 슬라이스 햄과 치즈, 시금치를 얹고 다른 빵으로 덮은 뒤,
달걀, 우유, 소금을 넣고 푼 달걀 물에 담가 적신다.
2. 달군 팬에 버터를 두르고 1을 넣어 약불에서 노릇하게 구운 뒤,
먹기 좋게 반으로 썰어 접시에 담아낸다.

노력을
이기는 재능은 없다

열정_Passion

솔직히 말하면, 난 엄청나게 노래를 잘 하는 사람은 아니다. 가창력으로 승부한다기 보다는 퍼포먼스를 기본으로 멋지게 노래를 소화한다는 표현이 더 잘 어울린다. 하지만 그것 역시 쉽게 이룰 수 있는 일은 아니다.

가수 지망생 중에서도 정말 초년병이었던 시절, 하루는 이동하는 차 안에서 이어폰을 끼고 노래를 신나게 따라 불렀던 적이 있다. 볼륨을 크게 키워 놓고 있었기 때문에 난 내 소리를 거의 듣지 못했는데, 뒤에 앉아있던 어떤 작곡가가 갑자기 어깨를 툭툭 치더니 이렇게 말하는 게 아닌가.

"가희야, 듣기 괴로워, 그만해~."

그분은 농담 삼아 한 말이었지만 난 그 이야기에 정말 큰 상처를 받았고 뚝뚝 떨어져 흐르는 눈물을 수습할 생각조차 못한 채 멍하니 있었다. 이후로 난 확실하게, 새롭게 다시 태어나야겠다는 마음을 독하게 먹게 됐다. 성대 결절 초기 증상이라는 판정을 받을 때까지 미친 듯이 노래 연습에만 몰입했고 덕분에 보컬 선생님으로부터 가창력이 눈에 띄게 나아졌다는 평까지 듣게 되었다. 그러나 무엇보다 큰 수확은 이전까지는 보지도 듣지도 못했던 수많은 노래들을 접하면서 진심으로 노래를 사랑하게 됐다는 점이다.

보컬 레슨은 하루가 다르게 흥미진진했다. 한 마디로 세상은 넓고 뮤지션은 많았다. 특히 캐롤 킹^{Carole King}이라는 여가수를 알게 된 것은 큰 행운이었다. 그 여인의 자연스럽고 부드러우며 독특한 음색이 너무 좋았다. 어떻게 저런 소리가 나올까. 연구하고 또 연구했다. 멋진 뮤지션들이 많으니 배울 점도 너무 많았고 하루하루, 하나하나 알아나가는 게 그렇게 즐거울 수가 없었다. 직접 피아노나 기타를 치면서 노래 연습을 하는 것도 이때 생긴 습관이다. 옛날 가수들은 다 그랬으니까. 나는 에코 없는 생 마이크를 들고 노래하는 팝 발라드 디바를 꿈꾸기 시작했다.

그렇게 노력했기에 데뷔한 후 들었던 소리 중에 너무나 억울했던 게 있다. 애프터스쿨은 퍼포먼스는 끝내주는데 가창력은 없다는 악평. 무심코 던진 돌에 개구리는 맞아 죽는다고, 이제까지 우리의 엄청난 노력을 한 순간에 물거품으로 만드는 지독한 말이었다. 단언컨대, 우리 멤버 모두는 탄탄한 노래 실력을 갖추고 있다. 그리고 최고가 되기 위해 계속해서 미친 듯이 노력할 것이고.

그런 심정을 위로하듯, 다음 날엔 이런 댓글을 발견했다. '박가희 씨, 음색 좋네요.' 그 말은 춤 잘 춘다는 칭찬보다 10배는 기뻤다. 너무나 감사했고 마음을 다잡는 계기가 됐다. 계속 열심히 하다 보면 이 댓글을 단 사람처럼, 누군가는 알아주겠지! 그리고 새삼 깨달았다. 노력을 이기는 재능은 없다는 걸. 초년생 시절의 나와 지금의 나를 비교해도 그렇고, 앞으로 애프터스쿨이 그 사실을 다시 한 번 증명할 것이다.

노력을 이기는 재능은 없다!

토마토 해물 스튜

재료

양파 1/4개, 샐러리 1/3대, 마늘 1톨, 홍합 5개, 바지락10개, 손질새우 6마리, 오징어 1/4마리,
토마토소스 1컵, 조개(혹은 홍합)국물 1컵 반, 소금, 후추, 화이트와인, 바질, 올리브오일 약간씩

만들기

1. 양파와 샐러리는 큼직하게 다지고, 마늘은 얇게 저민다.
2. 홍합과 바지락은 끓여서 익힌 뒤, 조갯살과 국물을 따로 받아둔다. 오징어는 먹기 좋게 썬다.
3. 달군 팬에 올리브오일과 1을 넣고 볶다가 해물을 넣고 소금, 후추, 화이트와인을 뿌려 볶는다.
4. 3에 조개국물과 토마토소스를 붓고 바질을 넣은 뒤, 뭉근히 끓이고, 마지막으로 소금, 후추로 간한 다음, 그릇에 담아낸다.

죽기 전에 꼭 가보고 싶은 나라

여행 _ Travel

　　내가 정말 가보고 싶은 여행지, 그리스. 특히 CF나 블로그를 통해 본 산토리니 마을 전경은 너무나 환상적이다. 동화 속에서 툭 튀어나온 듯 온통 하얀 색으로 칠해진 예쁜 마을은 지중해 특유의 코발트 블루빛 바다, 그리고 드높은 하늘과 어우러져 산뜻한 조화를 이루고 있다. 이런 평화로운 풍광만 봐서는 믿기지 않게도, 여전히 활동 중인 화산섬이라서 동쪽 모래사장은 온통 검은 색이고 남쪽의 레드 비치라 불리는 곳은 빨간 색 절벽과 모래로 이루어졌다고 한다. 아마 지중해 섬 여행에서 맛볼 수 있는 모든 역동적인 모습을 보여주는 곳이 아닐까 싶다. 이 산토리니 섬뿐만 아니라 그리스에는 수천 개의 아름다운 섬이 있다니 마음에 드는 곳을 콕콕 찍은 후 배를 타고 지중해를 유람하며 천천히 둘러보는 재미는 또 얼마나 대단할까.

하지만 내가 그리스를 유독 편애하는 이유는 따로 있다. 무엇보다 신들의 성전들을 곳곳에서 만날 수 있기 때문이다. 파르테논 같은 아름다운 건축물들은 고대 아테네의 신들이 기거하는 곳으로 오랜 세월 추앙 받다가 기독교가 공인되면서부터 교회로 그 기능을 달리하며 이제껏 고고하게 명맥을 이어오고 있는 인류 문화의 유산이다. 기독교 신자인 나는 그것들을 실제로 눈앞에서 보면 어떤 기분일 지가 너무나 궁금하다. 아마 일생일대의 추억이 되지 않을까 싶을 정도로.

고백하건데, 하나님을 깊이깊이 사랑한다. 갓난아기 때부터 교회에 다닌 내가 이렇게 진짜 마음으로 하나님을 받아들인 것은 사실 3년이 채 안 된다. 그전까지는 무늬만 신자였다. 특히 가장 못났던 점은 엉뚱한 피해의식을 떠안고 살았던 것. 나는 1남3녀 중 셋째로 사랑 받지 못하고 자랐다는 말두 안 되는 착각 속에 빠져 허우적댔더랬다. 하지만 노을의 강균성, 에스더 언니, 자두 등 음악 하는 사람들이 주축이 된 예배 모임에 나가면서부터 나의 어린애 같은 마음은 급격히 치유되기 시작했다. 데뷔를 준비하면서 많이 힘들어했을 때도 이 안에서 모든 욕심과 갈등들을 기도로 해결했고, 나를 낮추고 겸손해지는 법을 배울 수 있었다. 그러면서 하나님이 정말 내 곁에 계심을 절실히 느낄 수 있었고……

이런 이유들로 그리스는 나에겐 죽기 전에 꼭 가봐야 할 여행지 1순위인 것이다. 언제가 될지 모르지만, 이 대단한 여행이 시작된다면 그때는 또 하나의 로망, 라이카 카메라를 목에 걸고 나의 시선이 닿는 모든 구석구석을 멋지게 담아내고 싶다. 눈에 보이는 감동 그대로를. 하나님과 나만의 멋진 소통의 무늬를.

그릭 샐러드

재료

방울토마토 8개, 페타치즈 3큰 술, 녹색, 노랑 파프리카 1개씩,
블랙올리브 6알, 보라양파 1/4개, 샐러드채소 적당량, 페타치즈 속
올리브오일 3큰 술, 레몬즙 1/2개 분량, 소금, 후추 약간씩

만들기

1. 방울토마토는 먹기 좋게 썰고, 페타치즈는 병에서 건진다.
2. 파프리카는 석쇠에 구운 뒤, 껍질을 벗기고 먹기 좋게 썬다.
블랙올리브와 보라양파, 샐러드 채소도 먹기 좋게 썬다.
3. 볼에 1과 2를 담고, 치즈가 담겨있던 올리브 오일을 넣은 뒤,
레몬즙, 소금, 후추를 뿌려 고루 섞는다.

+

+

+

할아버지 보시기에 기쁜 일

죽음 _Death

나는 어렸을 적 할아버지, 할머니 손에서 자랐다. 하루는 엄마가 데리러 오셨을 때 "아줌마, 누구세요?"라고 말했을 정도로 어렸을 적 그분들은 나에게 절대적인 존재였다. 특히 할아버지는 눈에 넣어도 안 아프다란 말씀을 자주하시며 나를 너무나 예뻐하셨더랬다. 난 할아버지의 유일한 취미였던 낚시의 꼬맹이 동반자였고, "누구 강아지?"라는 할아버지의 질문에 "할아버지 강아지!" 라는 대답은 강릉 시골집 마당에 매일 울려 퍼졌었다.

안타깝게도 그런 할아버지의 품을 떠나 살면서는 많이 찾아뵙질 못했다. 하루만 시간을 내면 갈 수 있는 가까운 거리였는데도 생각만큼 쉽지가 않았다. 당시 보아와 함께 일을 하고 있던 터라 눈코 뜰 새 없이 바빴다는 게 유일한 변명이라면 변명이다.

그러던 어느 날, 하루는 왠지 느낌이 정말 좋지 않았다. 며칠 전부터 할아버지 건강이 눈에 띄게 안 좋으시단 이야기를 들었던 터라 마음이 계속 불안했고 '오늘은 스케줄이 끝나자마자 꼭 찾아 뵈어야지' 하고 벼르고 있었다. 하지만 그날 역시 어김없이 정신없던 스케줄 속에 결국 나는 시청 광장 한복판에서 할아버지가 방금 전 돌아가셨다는 비보를 전해 듣고야 말았다. 하늘이 무너진다는 느낌이 그런 걸까. 순간 심장이 쿵 하고 내려앉았고, 머릿속은 하얀 백짓장이 된 기분이었다. 그때 내가 할 수 있는 일이란 어이없게도 정말 단 한 가지도 없었다. 그저 펑펑 울면서 '오늘 하루만 그렇게 빼달라고 부탁했는데, 이제 어쩔 거냐'며 애꿎은 매니저와 안무 선생님을 힘껏 원망하는 일뿐.

간신히 한밤중에 강릉에 도착해서 병풍 안쪽에 누워계신 할아버지를 마주하자 수많은 상념들이 머릿속을 스치고 지나갔다. 왜 난 더 많이 할아버지와 낚시를 가지 못한 걸까. 왜 난 전화를 더 자주 하지 못한 걸까. 이렇게 금방 떠나실 걸 왜 몰랐던 걸까. 이젠 정말 끝인데……, 왜…… 어리석은 난 할아버지 앞에서 계속 죄송하단 말씀밖에 할 수 없었다.

그날 이후 나는 강릉 집에 되도록 전화도 자주 드리고 자주 찾아간다.

할아버지가 떠나시고 안 계신 집에 덩그러니 혼자 남은 할머니가 걱정되기 때문이다. 물론 우리 할머니는 아주 귀엽고 건강하시며 누구보다 공사다망하시다. 동네분들과 바닷가에 놀러가시거나 쑥 깨러 다니시느라 종종 내 전화를 받을 새가 없으실 정도다. 난 할머니를 보면서 할아버지를 떠올리고 입버릇처럼 이렇게 말하곤 한다.

"할아버지 보시기에 저 일하는 게 기뻤으면 좋겠어요. 정말 열심히 살게요!"

진저에일

재료

생강 3톨, 통후추 5알, 정향 3알, 마른고추 1/4개, 계피5cm 길이 1대, 물 2컵, 황설탕 2큰 술, 레몬 1/4개, 탄산수, 얼음 적당량

만들기

1. 생강은 얇게 썬 뒤, 레몬과 탄산수를 제외한 모든 재료를 넣고 팔팔 끓여 1/2로 줄면 체에 걸러 차갑게 식힌다.
2. 컵에 1을 1/4정도 담고, 작게 썬 레몬과 탄산수, 얼음을 넣어 마신다.

Junga

눈물만큼 성숙해지고

행복 뒤엔 항상 슬픔이 따라오는 것 같다. 요즘 내 기분이 딱 그런 상태다. 멤버들 모두가 열심히 노력해서 준비한 새 곡이 다행히 좋은 반응을 얻었고, 덕분에 눈코 뜰 새 없이 바쁘면서도 행복한 시간을 보내고 있다. 그런데 그 행복한 시간 사이사이에 불청객이 찾아온다. 가끔 갑자기 무척이나 슬퍼지는 것! 그런데 뚜렷한 이유가 없다. 딱히 슬플만한 사건이 있는 것도 아니고 그렇게 힘 빠지는 일도 없는 것 같은데……. 내게 문제가 있는 건가 싶어서 곰곰이 생각해 보기도 했지만 아무리 고민해 봐도 그건 아닌 것 같다. 가끔씩 선배님들이 우울해 하는 걸 보면서 왜 그러실까 하는 생각이 들었었는데, 요즘은 그런 마음을 조금 이해할 수 있을 것 같다. 많이 바쁘고 그만큼 행복하지만, 가끔씩 찾아오는 왠지 모를 공허감……. 그런 기분 때문에 선배님들도 우울한 기분을 느꼈던 게 아닐까.

한번 그런 우울한 기분이 찾아오면, 괜스레 너무나도 슬퍼져서 혼자서 펑펑 울곤 한다. 그러고 나면 신기하게도 뭔가 꽉 막혀 있었던, 아니면 뻥 뚫려 있던 것 같은 마음이 좀 편안해진다. 내가 자꾸만 우울해하고 슬퍼하면 주위 사람들이 '아픈 만큼 성숙해지는 거야'라고 위로해준다. 처음엔 그런 말이 많이 위안이 됐는데, 한동안 너무 자주 듣다보니 살짝 짜증이 날것만 같다. 너무 성숙해져서 할머니가 될지도 몰라!

그래서 요즘엔 나름대로의 돌파구를 찾았다. 기분이 가라앉아 슬퍼질 것 같으면, 슬픈 발라드만 MP3에 꽉꽉 집어넣어서 하루 종일 듣는다. 슬퍼지면 슬퍼지는 대로, 슬픈 내 감정과 그 느낌을 부정하지 않고 그대로 푹 빠져드는 거다. 많이 슬프고 또 눈물 나면 어때. 슬픔 그 자체를 그대로 즐기고, 실컷 슬퍼한 후에 후련해지는 기분을 느끼면 되지. 슬픈 건 나쁜 게 아니잖아? 슬픔이 있으니 기쁨도 더 커지는 거다. 이것도 눈물만큼 성숙해졌기 때문에 알게 된 걸까? ^^

연어 오차즈케

재료

구이용 연어 1조각, 우메보시 2개, 밥 2공기, 와사비, 채 썬 김, 쪽파 약간씩, 녹차다시
(물 3컵, 가쯔오부시 한줌, 티백녹차 2개, 청주 1큰 술, 간장, 소금 1작은 술씩)

만들기

1. 연어는 팬에 구운 뒤, 잘게 부순다. 우메보시는 씨를 발라낸다.
2. 냄비에 물을 끓여 가쯔오부시와 녹차를 넣고 불을 끈 다음, 국물이 우러나면
체에 거른 뒤, 청주, 간장, 소금을 넣고 섞는다.
3. 그릇에 밥을 담고 구운 연어와 우메보시, 와사비를 얹은 다음, 채 썬 김과 쪽파를
뿌리고, 뜨거운 2를 부어 먹는다.

꿈을 향한 질주, 그래도 남는 후회

후회 _ Regret

꿈꾸는 사람은 행복하다고 한다. 하지만 나는 요새 조금 후회스러운 마음이 든다. 꿈을 위해 달려오면서 우리 가족들에게 너무 소홀했던 것 같아서다. 특히 우리 엄마에게 미안하다. 처음 가수를 꿈꾸고 그 꿈을 이루기 위해 노력하면서 난 너무 앞만 보고 달려왔다. 연습생 시절 인천과 서울을 오고가며 연습할 때는 오로지 연습 외에는 모두 뒷전일 정도로 열정적이었다. 내 자신을 위해, 내 꿈을 이루기 위해서.

이렇게 몰두하는 나를 방해하지 않으려고 우리 엄마는 아픈 걸 꼭꼭 감추고 내게 알리지 않고 계셨다. 원래 우리 엄마 성격은 그렇지가 않은데. 엄마는 딸인 내가 봐도 '너무 소녀 같으시다'는 생각이 들 때가 있다. 내 친구들이 놀러오면 나보다 더 친해질 정도로 친구 같고 갖고 싶은 게 있으면 참지 못해서 나한테 핀잔을 듣기도 하는 우리 엄마. 그런 엄마의 성격 때문에 내가 엄마를 챙겨줘야 할 때도 있어서 어릴 때는 엄마가 꼼꼼히 챙겨주는 친구들을 보며 부러워하기도 했었다. 그런 엄마가 딸에게 방해될까봐, 마음에 짐이 될까봐 티도 못 내시다가 수술 전에야 겨우 내게 털어놓으신 거였다. 마침 엄마의 수술 날은 연습생들의 중간평가가 있는 날이었다. 나는 엄마의 애기를 듣고도 엄마가 입원하신 병원 대신 연습실로 갔다. 어린 마음에 멋있는 가수가 되어 보답하겠다는 생각만 갖고. 사실 중간평가는 사정에 따라 빠질 수도, 바꿀 수도 있는 거였지만 그땐 그런 생각을 아예 하지 못할 정도로 내겐 일이 중요했다. 무사히 수술을 마치신 엄마는 이런 못난 딸에게 '괜찮다'고 말해 주셨지만 나는 그 때의 내 선택이 지금도 많이 후회스럽다.

지금은 건강해지셔서 멋진 가수가 된 딸을 보여드릴 수 있어 기쁘다. 모처럼 푹 쉴 수 있는 날 집에 가서 쉬고 있으면, 피곤한 딸 앞에 부탁받은 CD 수십 장을 내밀며 싸인해 달라고 하는 우리 엄마. 역시 우리 엄마는 귀여우시다.^^ 나는 우리 엄마를 세상에서 최고로 행복한 엄마로 만들어 드리고 싶다.

갈릭 웨지 포테이토

재료

마늘 6톨, 감자 2개, 파마산 가루치즈 2큰 술, 로즈마리 1작은 술, 올리브오일, 소금, 후추 적당량, 요거트 소스(플레인 요거트 2큰 술, 마요네즈 1큰 술, 올리브오일, 다진 마늘 1/2 작은 술씩)

만들기

1. 마늘은 반으로 썰고, 감자는 웨지모양으로 썰어 찬물에 담가둔다.

2. 감자는 끓는 물에 데친 뒤, 마늘, 로즈마리, 올리브오일, 소금, 후추로 간하여 180도로 예열된 오븐에서 30분간 노릇하게 굽는다.

3. 감자가 거의 다 익으면 파마산 가루치즈를 넣고 고루 섞은 뒤, 요거트 소스와 함께 곁들여낸다.

든든한 나의 가족들

누구에게나 가족의 의미는 특별할 것 같다. 힘들 때 마음 놓고 기대어 의지할 수 있는 사람들, 그리고 행복할 때 함께 나눌 수 있는 사람들이 가족 아닐까. 내게도 마찬가지다. 가족이 있기에 나는 참 힘들고 어려운 순간들을 잘 견딜 수 있었던 것 같다.

항상 뒤에서 조용히 응원해 주시고 말없이 도와주시는 우리 아빠. 어쩌다 집에 가서 힘들다고 하소연하면 '힘들면 그만둬'라고 토닥여 주신다. 하지만 나는 알고 있다. 내게 있어서 꿈이 얼마나 소중한지를 제일 잘 알고 계신 분이란 걸. 내가 힘들어하는 모습을 보실 때마다 안쓰러움에 말은 그렇게 하시지만, 누구보다 내가 강하게 잘 버텨서 꿈을 이루기를 바라신다. 우리 아빠는 누구보다도 나를 믿어주는 든든한 후원자다!

내가 힘들다고 투정부리면 언제든 달려와 주시는 우리 엄마. 지쳐서 힘들어지면 나도 모르게 예민해져서 그 짜증을 엄마한테 비칠 때가 많다. 친구처럼 가깝고 편안한 엄마여서 그런지 그럴 땐 엄마에게 미운 소리도 하고 투정도 잘 부린다. 그런데도 그 짜증을 화 한번 내지 않고 다 받아주신다. 고마우면서도 너무 미안하기만 한 우리 엄마, 꼭 이 미안한 마음을 다 갚고 싶다.

그리고 나 자신보다 더 사랑하는 내 동생! 그냥, 동생의 전부를 다 사랑한다. 굳이 뭘 해주지 않아도, 내 옆에 있어주는 것만으로도 내겐 너무나 힘이 된다. 부디 아프지 말고, 건강한 모습으로 항상 내 곁에 있어주면 그것만으로도 충분하다.

아, 그리고 내겐 또 다른 가족이 있다. 존재만으로도 든든한 우리 팬 여러분들! 항상 내가 어떤 상황에 있던지 내 편이 되어주고 응원해 주는 이들, 가족처럼 나를 생각해 주는 팬 여러분이 나의 또 다른 가족이다.

소가야키

재료

돼지목심 6장, 단호박 1/8개, 생강즙 1큰 술 반, 양념장(간장 2큰 술, 생강간 것 1작은 술, 설탕 4작은 술, 맛술, 물 2큰 술씩), 샐러드 채소 적당량, 소금, 후추, 청주 약간씩

만들기

1. 돼지목심은 소금, 후추, 청주로 밑간한 뒤, 달군 팬에서 생강즙을 넣고 함께 볶다가 분량의 양념장을 넣고 졸이듯이 굽는다.

2. 단호박은 한입 크기로 썬 뒤, 소금과 청주를 약간 뿌리고 내열 용기에 담아 랩으로 싸서 전자렌지에서 5~6분간 돌려 익힌다.

3. 그릇에 1과 2, 샐러드채소를 같이 곁들여 담아낸다.

정말 소중한 나의 사람들

선물 _ Present

내게 가장 기억에 남는, 가장 소중한 선물은 비싸거나 특별한 물건이 아니다. 어떤 좋은 물건보다 더 나를 행복하게 하는 선물, 내 인생 최고의 선물은 바로 사람과의 인연이다. 좋은 사람을 만나서 좋은 인연이 되고, 내게 소중한 사람이 되면 너무나도 행복하다. 사람과의 인연이 최고로 소중하다는 건 우리 아빠가 내게 가르쳐 주신 소중한 선물이기도 하다.

우리 집은 그리 부유하지는 않았지만, 우리 아빠는 돈은 없어도 부자셨다. 시내를 아빠와 함께 다니다 보면 이상하게도 주위 사람들이 전부 아빠를 알고 인사를 건넸다. 처음에는 어쩌다 아빠의 지인들과 마주친 거라고, 우연이라고만 생각했다. 그런데 그런 우연 같은 일들이 아빠와 외출할 때마다 계속 반복되고 있었다. 심지어 명절에 성묘하러 가면 일 년에 한번 볼까말까 한 관리해주시는 분까지 친근하게 말을 건네실 정도였으니, 아무리 좁은 동네라고는 해도 우리 아빠의 인맥이 얼마나 넓고 깊은 지 짐작할 수가 없었다.

아빠는 '주위에 좋은 사람을 많이 갖고 있는 게 부자'라고 말씀해 주셨는데, 그 때문에 한동안 부자라는 말의 뜻을 돈 많은 사람보다 좋은 사람을 많이 가진 사람이라는 뜻으로 잘못 알고 있었다. 나중에 제대로 알곤 아빠의 놀림에 당했다고 투덜거리긴 했지만.

아빠의 그런 마음을 배워서인지, 나는 사람을 사귀면 깊게 사귀는 편이다. 그래서 내 소중한 사람들에게는 뭐든 해 주고 싶다. 어떤 물건을 사서 선물하는 것 보다 더 깊은 마음을 담아주고 싶다. 항상 필요할 때 함께 있어주고 도와준 내 또래 친구들에겐 힘든 하루하루에 작은 여유를 선물해 주고 싶다. 그리고 나를 사랑해주는 팬들에게는 내 마음이 담긴 편지를 보내주고 싶다. 그러려면 더 잘, 더 열심히 해야겠지.

지금에서야 아빠가 말씀하신 그 부자라는 말의 뜻을 알게 된 것 같다. 가수가 되기 위해 노력하면서 좋은 사람들을 만났고, 그 사람들 덕분에 꿈을 이뤘고, 가수가 되어서 나를 아껴주는 좋은 사람들을 더 많이 만났다. 그리고 항상 나를 생각해 주는 오랜 친구들까지. 이들이 있어 나는 내 꿈을 향해 달려갈 수 있었던 것 같다. 나는, 최고의 선물을 듬뿍 가진 부자다!

바닐라 커스타드 푸딩

재료
캐러멜 시럽(설탕 60g, 따뜻한 물 20ml), 달걀 1개, 노른자 2개, 설탕 30g, 우유 1컵, 생크림 1/2컵, 바닐라 에센스 약간

만들기
1. 캐러멜 시럽을 만든다. 냄비에 분량의 설탕을 넣고 황갈색이 될 때까지 녹인 뒤, 따뜻한 물을 넣고 고루 섞은 다음 불을 끈다. 시럽이 따뜻할 때 푸딩틀에 담아 냉장고에 굳힌다.
2. 볼에 달걀과 설탕을 넣고 섞은 뒤, 우유와 생크림 데운 것을 조금씩 부어가며 거품기로 잘 풀어준다. 여기에 바닐라 에센스를 넣고 섞은 뒤, 체에 한번 거른다.
3. 1에 2를 채우고 찜통에 넣어 약불에서 30~40분간 찐다. 꼬치로 찔러보아 묻어나지 않으면 꺼내어 식힌 뒤, 냉장고에 넣어 차게 해서 먹는다.

고마워요, 나의 또 다른 가족

팬_ Fan

　　나에게 팬은? 또 다른 가족! 너무 흔한 대답일지도 모르겠지만, 내게 있어 팬은 정말 말 그대로 가족 같은 이들이다. 나를 사랑해주고, 내 노력을 알아주는 소중한 이들, 일일이 다 말할 수 없을 만큼 소중한 사랑을 전해주는 이들이기에 내겐 너무 소중하다. 항상 내가 어느 상황에 있던지 내 편이 되어주고 응원해주는 팬 여러분들의 그 마음은 가족과 다를 게 없는 것 같다. 그래서 난 팬들이 보내 준 팬레터를 하나하나 꼼꼼히 읽는다. 너무 많을 때는 아예 읽은 팬레터에는 표시를 해서 둔다. 읽은 걸 또 읽게 되면 다른 팬레터를 읽지 못할 수도 있으니까. 나도 누군가의 팬이었던 적이 있었기 때문에 팬레터를 쓰는 그 설레는 마음을 너무나도 잘 안다. 예쁜 편지지를 고르고, 글

중간 중간에 예쁜 그림도 그려 넣고, 마지막 봉투를 붙일 때도 어떤 스티커를 붙이는 게 좋을까 고민하는 그런 마음과 설렘. 내가 팬레터를 쓰며 느꼈던 그런 마음이 하나하나 담겨있다고 생각하면……. 내가 받은 팬레터를 읽지 않고 그냥 둔다는 건 절대 있을 수 없는 일이다! 팬들에게 보답할 기회가 있다면 꼭 하고 싶은 선물이 있다. 지금은 우리 멤버들도 있고, 나 개인의 일만은 아니니 어렵겠지만 나중에, 정말 나중에 내가 오롯이 팬 여러분들께 내 마음을 표현할 수 있는 기회가 있다면 팬레터에 하나하나 답장을 해주고 싶다. 예쁜 글씨는 아니지만 꼭 손으로 써서 보내고 싶다.

팬 여러분들을 볼 때마다 고맙기도 하고 너무 신기하기도 하다. 어떻게 저렇게까지 생각해주고, 챙겨주고, 끊임없이 사랑한다고 말해줄 수 있을까 싶어서다. 데뷔 전, 내가 팬이었을 때 나는 생각도 못했던 일들을, 지금 내가 팬들에게서 받고 있다고 생각하면 정말 행복하다. 요즘은 내겐 가족이 둘이라는 생각을 종종 한다. 데뷔 전에는 우리 가족이 나를 사랑해 주고 챙겨줬다면, 지금은 우리 팬 여러분들이 나를 그렇게 사랑해주고 있으니까. 좋은 사람들을 만나 노래를 시작할 수 있었다면, 앞으로는 팬 여러분들로 인해 끝까지 노래할 수 있을 것 같다. 내가 노래를 하지 않았다면 만나지 못했을 사람들이지만, 내게 분이 넘치는 사랑을 전해주는 사람들. 그러니 내게 팬들은 너무나 소중한 존재다.

루꼴라 샐러드 씬 피자

재료

루꼴라 10장, 베이컨 2장, 양파 1/8개, 토마토 1/2개, 또띠아 2장, 다진 마늘 1작은 술, 모짜렐라 치즈, 올리브오일 적당량, 바질드레싱(바질가루, 식초 1/2작은 술씩, 올리브오일 1/2큰 술, 레몬즙 1/4개 분량, 소금, 후추 약간씩)

만들기

1. 루꼴라와 베이컨은 먹기 좋게 썰고, 양파는 채 썬다.

2. 토마토는 큼직하게 다진 뒤, 바질드레싱에 버무려 냉장고에 5분 이상 둔다.

3. 또띠아에 모짜렐라 치즈를 얹고 나머지 한 장으로 덮는다. 그 위에 다시 모짜렐라 치즈, 베이컨, 양파를 얹고 올리브오일을 뿌려 180도의 예열된 오븐에서 8분간 노릇하게 굽는다.

4. 3위에 루꼴라와 2를 수북이 얹어낸다.

Go for it

도전 _ Challenge

　　지금 내겐 꼭 도전해 보고 싶은 것이 하나 있다. 바로 발라드 곡을 부르는 것! 발라드만큼 아름답게 슬픔과 애절한 감정을 표현하는 게 또 있을까. 특히 허스키한 목소리로 부르는 발라드는 더 애절하고 슬픈 감정이 멋지게 표현된다.

　　원래 내 목소리는 허스키한 것과는 거리가 먼 편이지만, 꼭 멋진 발라드를 불러보고 싶어서 혼자 허스키한 보이스를 꾸준히 연습해 보는 중이다. 백지영 선배님처럼 허스키해서 더 슬픈, 그런 목소리를 만들어서 슬픈 사랑을 담은 멜로드라마나 영화의 OST를 부르게 된다면 얼마나 좋을까. 지금은 댄스곡으로 활동하고 있으니 많이 연습해 보지 못 하는 게 조금 아쉽다. 템포가

빠르고 강한 톤이 필요한 댄스곡에는 허스키한 목소리가 너무 튀니까. 하지만 열심히 연습하다 보면, 그리고 꾸준히 도전하다 보면 언젠가 기회가 오지 않을까? 도전하는 건 어려운 일이지만, 그 결과가 실패든 성공이든 무언가 하나는 배우게 될 거니까.

이런 마음을 갖게 된 건 이번 앨범을 준비하면서 도전한 드럼 덕분이다. 처음에 무대에서 드럼 퍼포먼스를 한다고 들었을 때, 너무 낯선 악기라 잘할 수 있을지 걱정됐다. 한편으로는 국내에는 배울 수 있는 기회도 별로 없다는 드럼에 대한 호기심도 생겼다. 처음에는 너무 힘들기만 했다. 서툴기만 하고, 다치기도 하고, 실력은 빨리 늘지도 않고……. 그래도 열심히 노력하니 하루하루 달라져가는 게 피부로 느껴졌다. 희한했던 건, 드럼 퍼포먼스를 연습하면서 우리 멤버들 사이의 팀워크가 더 좋아진다는 거였다. 서로 호흡을 맞춰야 하는 안무이니 팀워크가 좋아지는 건 어쩌면 당연하겠지만, 옆 사람이 바뀌기만 해도 금세 티가 나는 건 너무 신기했다. 자리만 바꿨을 뿐인데도 팔이 걸려서 치기가 힘들어지고, 박자가 어긋나서 틀리게 되는 건 정말 독특한 경험이었다.

이렇게 열심히 연습한 노력이 결실을 맺기 시작하는 걸 느끼면서 어제와 다른 오늘의 내 모습이 얼마나 뿌듯하던지. 그건 정말, 도전해 보지 못했다면 느끼지 못했을 보람이었다. 노력은 배신하지 않는다는 걸, 그리고 그 과정에서 분명 무언가 배울 게 있다는 걸 알았으니, 나도 내 꿈을 향한 도전을 멈추지 않을 거다. 내 꿈을, 내 미래를 향해, GO!

클램차우더

재료

바지락 2봉, 감자 1/2개, 양파 1/4개, 샐러리 1/4대, 베이컨 1장, 우유 1컵, 생크림, 조개육수 2/3컵씩,
월계수잎 1장, 버터, 밀가루 1큰 술씩

만들기

1. 바지락은 해감한 뒤, 물을 넣고 끓여 입을 벌리면 조갯살과 국물을 따로 받아둔다.
2. 감자와 양파, 샐러리, 베이컨은 잘게 썬 다음, 버터를 두른 냄비에 볶는다.
3. 2에 밀가루를 넣고 약불에서 볶다 조개국물과 우유, 생크림을 조금씩 부어가며 끓인다.
4. 월계수잎을 넣고 감자가 푹 익을 때까지 주걱으로 저어가며 뭉근하게 끓인 뒤, 다 익어갈 무렵
조갯살을 넣는다.

나 자신에게 약속해

　17살 때 처음 가수가 되고 싶다는 꿈을 꾸기 시작했다. 데뷔하고 나서 그때 그 마음이 절대 변하지 않도록, 언제나 기억하면서 살겠다고 나 자신에게 약속을 했다. 나 혼자만의 약속이지만, 절대로 속일 수 없는 자신과의 약속이다.

　가수의 꿈을 이루고 처음 방송활동을 시작했을 때 나는 방송에 맞지 않는다는 생각이 확 들었다. 방송은 현실과는 너무 달라 보이기만 했다. 처음 마음을 잊지 않는다는 건 누구나 쉽게 쓰는 말이었고, 사실은 그렇지 않아 보이는데도 방송에서는 참 쉽게 그렇게 말한다는 것, 그리고 그렇게 말해야 한다는 게 이상해 보였다. 내가 마음먹은 변하지 않겠다는 약속도 말해놓고 보면 너무나도 상투적인 말로만 들렸다. 초심이란 말 대신 다른 좋은 말이 없을까 하는 고민까지 하면서 정말 노래하며 산다는 게 이런 건가 하는 회의도 잠깐 들었다. 하지만 금세 마음을 고쳐먹었다. '초심을 잊지 않겠다'는 말이 너무 쉽게 쓰이고 있다면, 나만큼이라도 그 말대로 해야겠다는 생각을 했다. 정말 진심으로!

그렇게 생각한 이후 지금까지 내 마음이 변하지 않고 있다는 걸 항상 확인하고 또 확인한다. 그리고 내가 변하지 않았다는 사실에 스스로 뿌듯하다. 처음 가수가 되고 싶다는 꿈을 가졌을 때, 8년 전 그때의 마음을 잊지 않았기에 지금 내가 가수로 활동할 수 있었다고 생각한다. 그리고 꿈을 이룬 지금, 그 꿈으로 인해 더 큰 꿈도 가질 수 있게 됐다. 나를 아껴주는 팬들 덕분에. 응원해 주는 이들이 있으니 자신감도 생겼다. 그래서 나는 오늘 다시 한 번 나에게, 그리고 나를 응원해주는 이들에게 약속한다.

"처음 가수가 되고 싶다는 꿈을 꿀 때의 그 마음, 절대 변하지 않고 기억하면서 살겠습니다. 항상 감사하면서, 보답하면서 살겠다고 많은 이들과 약속한 것 또한 꼭 지키겠습니다."

시저샐러드

재료

로메인 레터스 적당량, 블랙 올리브 5개, 베이컨 2장, 식빵 2장, 마늘버터(다진 마늘 1/2큰 술, 버터 1큰 술), 파마산치즈 적당량, 시저샐러드 드레싱(다진 마늘, 디종머스타드 1작은 술씩, 앤쵸비 2마리, 달걀노른자 1개, 식초 2작은 술, 올리브오일 1/4컵, 레몬즙 2작은 술, 파마산치즈가루 1큰 술 반)

만들기

1. 로메인 레터스는 한입 크기로 썬다. 블랙 올리브는 슬라이스 하고, 베이컨은 잘게 썰어 달군 팬에 노릇하게 굽는다.

2. 식빵은 반으로 썰어 마늘버터를 바르고 노릇하게 굽는다.

3. 볼에 로메인 레터스와 블랙올리브, 베이컨, 시저샐러드 드레싱을 넣고 고루 섞은 뒤, 2와 함께 그릇에 담고, 얇게 썬 파마산 치즈를 뿌려낸다.

Juyeon

넌 할 수 있어

칭찬 _ Praise

칭찬만큼이나 기분 좋고 힘나는 말이 또 있을까? 아무것도 못할 것처럼 지쳤을 때, 무엇하나 내 맘대로 되지 않아 힘들 때, 그럴 때 누군가가 내게 다가와 '너무 잘했어!'라고 해준다면……. 그동안 힘들었던 게 모두 날아가 버릴 것 같다!

지금의 내가 있을 수 있었던 건 나를 북돋아 주는 많은 사람들의 칭찬이 있었기 때문인 것 같다. 여러 사람들이 내게 보내주는 칭찬의 말이 없었다면 지금처럼 멋진 댄스도 할 수 없었을 테니까. 댄스는 내게 엄청난 숙제였다. 이전까지 댄스를 배워 본적이 없었으니까. 아예 아무것도 몰랐던 백지 상태였고, 내 체력도 댄스를 소화할 만한 체력이 아니었다. 타고난 신체 조건도 댄스를 하기에는 너무 불리했다. 댄스를 멋지게 하려면 몸에 어느 정도 근육도 있어야 보기 좋은데 난 근육도 없이 그냥 마른 편이니 정말 '태'가 안 났다. 그렇다고 운동센스가 있어서 습득이 빠르거나 몸을 빨리빨리 움직일 수 있는 것도 아니고. 내가 생각해도 내 몸은 '안 따라주는' 조건만 갖추고 있었다.

연습을 아무리 열심히 해도 내 마음과는 다르게 몸이 따라주지 않고 지치는 순간들이 계속 이어졌다. 혼도 많이 났고, 지적도 많이 받고, 잔소리도 많이 듣는 나날들이 스트레스로 다가왔다. 스스로에 대한 자신감도 자꾸만 사라져 괜히 연습 때마다 위축되기만 했다. 그렇게 자꾸 위축되던 나를 일으켜 준 건 우리 멤버들, 그리고 친구들의 칭찬 한 마디였다.

함께 연습하던 멤버들과 지켜보던 회사 사람들이 '많이 늘었네, 넌 할 수 있어!'라며 어깨를 두드려 주면 나도 모르게 마음속에 힘이 불끈 솟아났다. 집에서 모니터 해주던 친구들이 전화를 걸어 '너 정말 많이 늘었더라'라고 해주면 지쳐서 처진 어깨에 힘이 들어갔다. '넌 더 잘 할 수 있어, 넌 꼭 있어야 해!'라는 말을 들으면 더욱 마음을 다잡고 열심히 연습했다.

아직 부족한 점은 많지만 그래도 느낌도 많이 찾고, 이전보다 빨리 배우고 체력도 많이 좋아진 내 자신을 느낀다. 지금은 순간순간 즐기는 법도 배웠다. 안무를 멋지게 소화해 내면 '해냈다'는 희열과 충만감도 있다. 하지만 진짜 힘들 때 들은 칭찬의 말은 지금도 너무나 소중하고 고맙다. 칭찬 한 마디는 사람의 인생도 바꿀 수 있는 힘이 있다고 생각한다. 내 소중한 사람들이 지치고 힘들 때, 나도 힘이 될 수 있는 칭찬 한 마디를 꼭 해 주고 싶다. 힘내, 넌 할 수 있어!

오렌지 호두 샐러드

재료

오렌지 1개, 잭치즈 30g, 오렌지 껍질 1개 분량, 호두 2큰 술, 양파 1/4개,
샐러드 채소 적당량, 씨겨자 드레싱(올리브오일 1큰 술, 식초 2큰 술,
씨겨자 2작은 술, 레몬즙 1/4개 분량, 소금, 후추, 파슬리 약간씩)

만들기

1. 오렌지와 잭치즈는 먹기 좋은 크기로 썰고, 오렌지 껍질은 흰 부분을 도려내 잘게 채 썬다. 호두는 기름기 없이 달군 팬에 노릇하게 굽는다.

2. 양파는 얇게 채 썰고, 샐러드채소는 한입 크기로 뜯은 다음, 1과 함께 그릇에 수북이 담아, 씨겨자 드레싱을 끼얹는다.

My
Hot Item

　　내 소장품 1위이자 애장품은 모자! 옷이며 신발, 가방 같은 패션 아이템을 다 좋아하지만 그 중에서도 특히 모자가 좋다. 모자 전문샵이 보이면 꼭 들어가 보고, 옷을 고를 때도 제일 먼저 모자 코너로 발길이 간다. 해외를 나가거나 인터넷 서핑을 할 때, 홍대나 명동 같은 데를 돌아다니다가 눈에 띄는 모자를 사는 편인데 예쁜 게 눈에 띌 때, 흔하지 않고 독특한 모자를 발견하게 되면 너무 행복하다! 특별히 좋아하는 브랜드나 스타일이 있는 건 아니다. 브랜드 모자보다는 흔하지 않은, 나만의 모자를 발견할 수 있는 멀티샵 같은 곳을 더 좋아한다. 그렇게 틈틈이 모은 모자가 거의 100여 개 정도쯤 되는 것 같다.

모자만큼 매력적이고 실용적인 게 또 있을까? 메이크업을 안했거나 머리 손질하기가 어려우면 고민할 필요 없이 모자 하나만 잘 골라 쓰면 OK! 하지만 모자도 하나의 패션이니까 오히려 더 신경을 쓴다. 캐주얼하게 입었으면 캐주얼한 캡을, 차려 입었을 때는 페도라를 쓴다. 그러다 보니 모은 모자 종류도 캡, 매시, 비니, 니트, 베레모, 페도라 등등 다양하다. 옷과 어울리는 액세서리 컬러 매치를 좋아해서 똑같은 모양에 색깔만 다른 모자 시리즈도 많다.

모자가 많다 보니 뭐가 어디에 있는지 모를 때도 많다. 모자를 뒤적이다 보면 언제 샀는지 모르는 모자도 있고, 사고 나서 한 번도 안 쓴 모자도 잔뜩 이다. 물론 모르는 새 없어진 모자도 있다. 따로 관리하는 게 아니다 보니까 요즘 제일 좋아했던 모자도 없어져 버려 속상했다. 명동의 한 멀티샵에서 샀던 모자였는데 흔하지 않은 스타일이라 굉장히 좋아했던 거였다. 그 모자를 쓰고 그날 무대를 준비하러 갔는데, 그 자리에서 나와 똑같은 모자를 쓴 선배님을 만났었다! 날 보시자마자 깜짝 놀라시더니 어디서 샀냐고 물어보셨다. 알고 보니 그 선배님도 그 모자가 너무 맘에 드는데 구할 수가 없어서 따로 주문까지 했다고. 내가 산 멀티샵도 물건을 하나씩만 들여오는 그런 곳이긴 했지만 설마 이렇게 대단한 모자일 줄은 몰랐다. 오래 전 일이라 다시 사러 갈 수도 없고 너무 아깝다. 딱 내 스타일이었는데.

　이번 봄에는 헤어 스타일을 짧게 바꿔서 모자를 잘 안 쓰게 됐지만, 그래도 지금 갖고 싶은 스타일은 있다. 큐빅이 박힌 블링블링한 모자! 유니크 하면 더욱 좋고. 그래서 언젠가 한번 만들어볼까 생각 중이다. 흔하지 않고 독특한, 내 색깔을 담은 나만의 모자가 있으면 얼마나 좋을까!

복숭아 브레드 푸딩

재료
통조림 복숭아 3조각, 식빵 3장, 건포도, 슬라이스 아몬드 1큰 술씩,
달걀필링(달걀 1/2개, 설탕 2작은 술, 우유 1/4컵, 럼 1작은 술,
바닐라오일 약간), 버터, 슈가파우더 약간씩

만들기
1. 통조림 복숭아는 체에 건져 물기를 뺀 다음, 큼직하게 썬다.
식빵도 대각선으로 잘라 4등분 한다.
2. 볼에 분량의 달걀필링 반죽 재료를 넣고 거품기로 고루 풀어준다.
3. 오븐용기 안쪽에 버터를 얇게 바른 뒤, 식빵과 복숭아를 가지런히 담고
2를 붓는다. 그리고 아몬드 슬라이스와 건포도를 뿌려 180도로 예열된
오븐에서 20분간 노릇하게 구운 다음, 슈가파우더를 뿌려낸다.

오락가락 수은주 같은 내마음

새파란 하늘이 멋진 화창한 봄날, 촉촉히 땅을 적시는 비가 오는 여름, 푸근한 눈이 온 땅을 덮는 겨울날...매일 매일 바뀌는 날씨에 따라 내 마음은 꼭 수은주처럼 오락가락한다.

참 재밌는 건, 꼭 하늘을 보지 않아도 내 마음이 먼저 그날 날씨를 알아채는 것 같다. 보통 연습실에 있으면 하늘도 안 보이고 나갈 일도 없으니까 날씨를 전혀 모르고 몇 시간을 보낸다. 그런데 며칠 전, 연습실에 있다가 갑자기 이유도 없이 기분이 가라앉으면서 조금 우울해졌다. 왜 그러지 하고 이상하게 생각하고 있는데 마침 연습실에 들어온 사람이 '와, 밖에 비가 정말 많이 와!' 그러는 거다. 그 말을 듣곤 그냥 '비가 와서 우울해졌나보다' 하고 기분이

안 좋아진 게 이해가 갔다. 너무 민감한 건가?^^

날씨가 수시로 바뀌는 봄날에는 내 기분도 날씨 따라 왔다 갔다 한다. 그래도 가끔은 이런 내 기분을 즐긴다. 해가 쨍쨍해도, 비가 내려도 언제나 같은 날처럼 움직이는 단순하고 심심한 나 보다는 비가 오면 촉촉하게, 쨍한 날씨면 맑게, 날씨 따라 감성이 변하는 내가 재미있다.

고등학교 시절에는 비 오는 날을 무척 좋아했다. 등교할 때 항상 이어폰을 끼고 학교까지 걸어가곤 했었는데, 아침부터 비가 내리는 날이면 우산을 쓰고 김범수의 〈바보 같은 내게〉를 들으면서 가는 그 시간이 너무 좋았다. 하지만 지금은 비 오는 날을 좋아하지 않는다. 비가 오면 생각나는 안 좋은 일이 있기 때문에...이건 비밀! 요즘은 하늘이 흐리고 우중충하면 기운이 쏙 빠진다. 그래도 가끔 비가 오면 기분이 착 가라앉는 느낌이 나쁘지만은 않다.

가끔 날씨가 내 기억까지 깨울 수도 있다는 걸 얼마 전에 알았다. 겨울에서 봄이 되는 시기, 약간 싸늘하면서 따뜻하기도 한 날씨였던 어느 날 밖에 나왔는데, 햇살 아래 딱 섰을 때 갑자기 기분이 너무 이상했다. 꼭 이런 날씨, 이 시기에 있었던 일들이 하나하나 일일이 다 생각나고, 그때 내가 느꼈던 기분들까지 다 되살아나는 거였다. 지금까지 느끼지 못했던 나의 새로운 면을 발견한 것 같았다.

　언젠가 화창하고 햇살이 따스한 날이 오면, 좋은 날씨와 함께 행복한 기분에 한껏 젖어들고 싶다. 하얀 바탕에 빨간 땡땡이가 찍힌 예쁜 파라솔 아래, 파란 잔디밭에 친구들과 함께 앉아 맛있는 브런치를 즐기는 거다. 기분 좋은 날씨에 좋은 추억까지, 그러면 브런치를 즐기던 그날 같은 화창한 날씨가 찾아오면 내 마음속에 그날의 행복한 기분이 살아나겠지?

태국스타일의 누들샐러드 얌운센

재료

방울토마토 8개, 파프리카 1개, 보라 양파 1/8개, 샐러리 1대, 손질새우 8마리, 멍빈누들(녹두당면) 70g, 양념소스(피쉬소스 4큰 술, 식초, 설탕 2큰 술씩, 다진 마늘 1작은 술, 다진 청양고추 1개, 레몬즙 1/4개 분량)

만들기

1. 방울토마토는 반으로 썰고, 파프리카와 보라양파는 채 썬다. 샐러리는 한쪽으로 조금 비뚤게 썰고, 손질새우는 끓는 물에 데친 뒤, 반으로 가른다.

2. 멍빈누들은 물에 30분 이상 불려두었다가 끓는 물에 데친 뒤, 찬물에 여러 번 헹구고 물기를 뺀다.

3. 볼에 1과 2, 양념소스를 넣고 고루 섞은 뒤, 그릇에 담아낸다.

스무 살, 훌쩍 떠나는 여행

일탈_ Departure

모든 걸 잠시 내려놓고, 일상을 벗어나 어디론가 목적 없이 떠나는 여행, 생각만 해도 즐거운 일이다. 나는 이런 목적 없는 여행에 매혹된다. 아무런 준비도, 계획도 없이 갑자기 떠나고픈 마음이 들면 훌쩍 떠나버리는 일탈, 참 매력적인 유혹이다.

난 쉽게 지루해 하는 편이라 갇혀 있는 생활은 더더욱 못한다. 중고등학교 시절에는 매일매일 수업 듣고 집과 학교를 오고가는 똑같은 일상이 너무 지루했다. 아무리 친구들과 어울려도 갈 수 있는 곳이 한정이 되어 있으니까. 성인이 되면, 이 답답한 좁은 공간에서 벗어나야지, 떠나야지 하고 항상 새로운 걸 꿈꿨다. 그래서 스무 살이 되자마자 운전면허증부터 땄다. 운전 실력이 좀 붙고 나서부턴 떠나는 데 자신감도 붙었다. 그리고 아무 계획 없이 무작정 떠나는 나의 스무 살 일탈이 시작됐다.

　　친구와 수다를 떨다가 누가 '우리 지금 바다 보러 갈까?'하면 모두들 그대로 훌쩍 떠났다. 언젠가 바다를 보러 간 날도 그랬었다. 지금 떠나면 해 뜨는 걸 볼 수 있을 거 같다는 막연한 생각에 출발했는데 막상 어떤 바다를 갈 지, 어떻게 갈 지는 아무도 생각을 못했다. 그래서 내비게이션에 무작정 바다 근처를 찍고 갔는데, 도착한 바다는 생각이랑은 너무 달랐다. 해 뜨는 건 보이지도 않고, 주위엔 아무것도 없는데다가 웬 버려진 이상한 폐허 더미까지 있는 황량한 바닷가에 친구들이랑 나 달랑 셋밖에 없었으니……. 정말 귀신이라도 나올 것 같아 너무 무서웠다.

　　그렇게 험악한(?) 바다 체험을 하고 나서도 친구들과 함께 무작정 떠나는 여행을 두어 번 더 했던 거 같다. 운전하기 힘들만큼 피곤해져도, 길을 몰라서 헤매도, 돈을 탈탈 털어야 겨우 잘 곳을 구할 수 있었어도, 이런 기억들이 진짜 추억이 되는 것 같다. 준비하고 계획한 여행과는 다른 짜릿한 즐거움!

　　지금도 이런 여행을 떠나고 싶은 마음이 가득하다. 여행이 꼭 좋은 데 가서 좋은 걸 봐야하는 건 아니니까. 아무데라도 가서 책을 읽기만 해도 그것도 멋진 여행이 아닐까? 이렇게 바람도 쐬고, 머리도 식히고 싶은데……. 몸과 마음이 따라주질 않는다. 어쩌다 스케줄이 없는 날이면 집에서 푹 쉬고만 싶지, 여행을 생각할 만한 마음의 여유가 없다. 그래도 가고 싶은 곳은 많다. 그때처럼 바다도 보러 가고 싶고, 일본도 가고 싶고, 친구가 있는 라스베가스 Las Vegas도 꼭 가고 싶다. 시간만 되면, 여유만 조금 생기면 훌쩍 떠날 거다. 꼭!

조개버터 비빔밥

재료

바지락 2봉지, 쌀 1컵 반, 조개국물 1컵, 간장, 청주 1큰술씩, 무순,
버터 약간씩, 양파간장(다진 양파 1/4개, 간장 4큰 술, 맛술 1큰 술 반,
설탕, 식초, 고춧가루 1작은 술씩, 통깨, 후추 약간씩)

만들기

1. 바지락은 해감한 뒤, 냄비에 물과 함께 넣고 끓여 입을 벌리면
조갯살과 국물을 따로 받아둔다.
2. 쌀은 30분간 불린 뒤, 밥물 대신 조개국물을 붓고 여기에 간장,
청주를 섞어 밥을 짓는다. 밥이 뜸들 무렵 조갯살을 얹어 밥을 완성시킨다.
3. 그릇에 2를 담고 무순과 버터를 얹은 뒤, 분량의 재료로 만든
양파간장을 곁들여 비벼 먹는다.

달갑지 않은 외로움, 그래도

고독 _ loneliness

　　사람들과 어울리는 걸 좋아하는 나, 그런데 갑자기 혼자 있게 되는 순간이 오면 고독이라는 감정이 확 밀려온다. 세상에 나 혼자 뚝 떨어져 있는, 정말 이상한 느낌.

　　멤버들과 항상 같이 있어 혼자인 시간은 적지만 일할 때는 같이 있어도 수다를 떨거나 할 여유가 없고, 어쩌다가 기회가 되서 같이 얘기도 하고 즐거운 시간을 보내는 시간도 잠깐이다. 그래서 다들 각자의 일을 시작해서 혼자 있게 되면 고독한 기분이 더 커지게 된다. 한번 고독에 사로잡히고 나면 벗어나기가 힘이 든다. 다른 사람이 내 곁으로 다가온다고 해도 한 번 느낀 고독한 감정은 잘 지워지지가 않는다.

　　그러다 보니 요즈음 고독을 많이 탄다. 사람들과 함께하는 걸 좋아하는 나로선 견디기 힘들 만큼 쓸쓸할 때도 있다. 군중 속의 고독이 이런 기분일까. 무대에 섰을 때도, 다른 방송활동을 할 때도 왠지 혼자라는 생각이 엄습해와서 자주 그런 고독한 기분을 느낀다.

　　멤버들도, 회사 사람들도 다 좋기만 한데 왜 이런 기분이 드는 걸까? 좋은 사람들 사이에 있어도 내 속에 채워지지 않는 뭔가가 있는 것 같다. 가족이나 친구처럼 나를 정말 잘 알고 내 일상생활과 가깝던 이들과 떨어져 있는 시간이 많으니까. 그런 사람들과 함께 있던 그 느낌이 그리운 것도 있는 것 같다.

　　하지만 나 자신을 발전시키는 데는 혼자 있는 시간이 필요하다고 한다. 지금 느끼는 고독을 감수하고 즐긴다면 성숙한 나를 만날 수 있을까? 혼자만의 시간에 익숙해지고 편해지면서 고독을 이겨내는 방법을 조금씩 찾고 있는 것 같다. 자책도 많이 하고, 스스로에게 만족을 못하는 내 성격 때문에 그런 건 아닐까 싶어서 생각을 많이 바꿔보려고 노력한다. 그래서 ‘역시, 인생은 혼자야’라며 혼자 쓸쓸한 기분에 빠져봐야 좋지도 않고, 아예 반대로 긍정적으로 행동하기로 마음먹었다. 기분이 처질수록 오히려 즐겁게 생각하고, 즐겁게 행동하면 쓸쓸한 마음도 많이 바뀔 것 같다. 몸을 움직이고 생각을 바꾸면 처져 있던 마음도 서서히 풀리겠지. 고독을 이기지 못해 약해진 내 모습은 너무 싫다.

프렌치스타일의 양파버섯 수프와 치즈 토스트

재료

양파 1/2개, 말린 표고버섯 3장, 어린 새송이 버섯 5개, 애느타리 버섯 1/2송이,
베이컨 1장, 표고버섯 불린 물, 물 2컵씩, 잡곡빵 슬라이스 4조각, 치킨스톡 1개,
모짜렐라 치즈 적당량, 포도씨유, 소금, 후추 약간씩

만들기

1. 양파는 가늘게 채 썬다. 표고버섯은 물에 불린 뒤, 다른 버섯종류, 베이컨과 함께
먹기 좋은 크기로 썬다.

2. 달군 팬에 포도씨유를 두르고 양파와 베이컨을 넣어 양파가 연갈색이 되도록
볶다가 버섯과 버섯 불린 물, 물, 치킨 스톡을 넣어 뭉근히 끓인 뒤, 소금, 후추로 간 한다.

3. 빵 위에 모짜렐라 치즈를 얹어 달군 팬이나 오븐에서 노릇하게 구워 치즈토스를
만든 뒤, 2의 수프와 함께 곁들여낸다.

나만의 색깔, 나만의 느낌

색깔 _ Color

요즈음 내 컬러 취향은 완전히 바뀌었다. 원래 검은색이나 흰색 같은 깔끔하고 시크한 컬러의 세련된 색감도 좋아하고, 편안하고 차분한데다가 어디나 무난한 만능 컬러인 카키색처럼 탁한 느낌의 색감을 좋아했었는데 지금은 이 컬러들이 전부 싫어졌다. 너무 쉽게 마음이 변했나?^^ 아무래도 아이템을 고를 때나 옷을 입을 때 컬러 매치를 즐기게 되다 보니까 그럴지도 모르겠다. 이것저것 컬러를 매치시켜서 패션 코드를 완성시키는 재미가 내 컬러 취향까지 싹 바꿨나보다.

지금 내가 가장 좋아하는 색은 빨간색! 정열적이고 열정적인, 자기주장 강한 그 느낌이 너무나 좋다. 빨간색에는 강렬한 그 뭔가가 있다. 내 눈을 완전히 사로잡는 그 매력은 헤어 나올 수 없을 만큼 유혹적이다. 그래서 신발이나 가방, 옷을 살 때도 빨간색이 들어가 있는 아이템에 제일 먼저 눈이 간다. 자신감을 갖고 싶을 때, 그리고 열정적인 나를 표현하고 싶을 때 빨간색만큼 딱 들어맞는 색이 또 있을까. 빨간색이 있으면 내 패션에 멋진 포인트가 생긴 것 같아서 기분이 좋아진다. 지금은 빨간색 에나멜 가방을 너무 갖고 싶다. 강렬한 느낌의 그 가방을 들고 나가면 그날은 왠지 특별한 날이 될 것만 같다.

아, 그리고 최근에 좋아진 색이 있다. 물론 빨간색은 내 베스트 컬러지만, 에메랄드 색도 너무 좋아졌다. 특히 이국의 열대 지방에서 볼 수 있는 바다색 같은 그런 에메랄드 색이. 우리나라에서는 제주도에서나 볼 수 있는 바다색이지만, 사실 바다색을 잘 들여다보면 파란색도, 하늘색도 아닌 민트 빛 같은 그런 고운 에메랄드 색이 나는 것 같다. 바다를 좋아해서 그럴까, 빨간색과는 완전히 상반되는 색깔이지만 너무 곱고 예쁜 색깔이라 마음이 설렌다. 에메랄드 색을 보면 마음이 깨끗해지는 느낌이 든다. 밝고 상큼한, 시원한 느낌이 들어서 좋다.

빨간색은 열정을, 에메랄드 색은 희망을 의미한다고 한다. 빨간색에서는 멋진 무대를 위한 원동력이 될 열정도 얻고, 에메랄드 색에서는 앞으로 나아갈 수 있는 희망을 얻으니 일석이조인 셈일까? 내가 좋아하는 색이 내게 힘을 주는 것 같아 행복하다.

크림치즈 딸기 타르트

재료

타르트생지(통밀쿠키 100g, 버터 20g, 달걀흰자 1개), 요구르트필링(판젤라틴 1장, 크림치즈 70g, 플레인 요구르트 80g, 꿀 1큰 술, 계피가루 약간), 딸기 10개

만들기

1. 타르트생지를 만든다. 통밀쿠키는 잘게 부수어 중탕으로 녹인 버터와 달걀흰자를 넣고 반죽한 뒤, 타르트 틀에 맞춰 깔고, 포크로 바닥을 찍은 뒤, 180도로 예열한 오븐에서 20분간 굽는다.

2. 요구르트 필링을 만든다. 판 젤라틴은 물에 불린 뒤 건져서 전자레인지에서 10초간 돌려 녹인 뒤, 부드러운 상태의 크림치즈와 나머지 필링재료와 함께 넣고 고루 섞어 1에 채운다.

3. 2에 딸기를 얹고 냉장고에서 2~3시간 굳힌다.

마음을 표현하는 건 언제나 너무 어렵다. 애교 없는 성격에 잘 표현도 못하다 보니까 가족들도, 친구들도 서운해 할 때가 많다. 특히 우리 가족들에겐 더더욱 표현을 못한 거 같다. 언제나 사랑한다고, 건강하라고 챙겨 주는 살뜰한 가족들의 정에 솔직히 답해주지 못해서 미안하기만 하다. 항상 나를 위해 기도해주고 걱정해주는 가족들에게 평소 표현하지 못한 나의 마음을 고백하고 싶다.

아빠, 엄마, 언니! 항상 감사하고 사랑해요.
아빠! 항상 투덜거리고 철없는 딸, 사랑한다는 말도 잘 못하는 무뚝뚝한 딸이지만 언제나 제가 아빠에게 감사하고 있다는 것 아시죠? 언제나 '밥 잘 챙겨 먹어', '연습은 잘 되니?'하고 다정한 문자를 주시는데, 바쁘다는 핑계로 답장도 잘 못해서 죄송해요. 매일매일 아빠가 보내주시는 문자가 힘이 돼요. 아빠가 '자랑스러운 우리 딸, 아빠가 응원하고 있으니까 파이팅!'하고 문자 주셨을 땐 너무 기뻤어요. 더 멋진 딸이 될게요. 고마워요 아빠!

엄마! 엄마 생각하면 눈물이 날 것 같아. 정말 천사 같은 우리 엄마. 전화하면 엄마는 항상 '사랑해~'하고 말해주는데, 난 쑥스러워서 '응, 나도 알았어' 밖에 대답을 못하네. 옆에 사람 있거나 그러면 쑥스럽고 창피해서 '사랑해' 하는 말을 못하겠어. 그래도 나 마음속으로는 '사랑해, 엄마'라고 대답하고 있어요. 엄마, 정말 정말 사랑해요. 아프지 마세요!

잔소리꾼 언니! 날 너무 생각해 주는 우리 언니! 내가 예민하게 굴어서 미안해. '아빠, 엄마 완전 서운해 하셔. 연락 좀 자주 해!'하고 나한테 잔소리하는 게 우리 가족들을 위해서 해 주는 말인 거 잘 알아. 난 언니가 있어서 너무 든든해. 무슨 일이 있어도 기댈 수 있어서 좋아. 내가 없는 집에서 아빠 엄마한테 잘 하고 있어. 사랑해!

벨기에식 홍합 와인찜

재료

양파 1/2개, 샐러리 1/2대, 방울토마토 10개, 홍합 500g,
화이트와인 1/2컵, 감자튀김, 후추, 올리브오일 약간씩

만들기

1. 양파와 샐러리는 큼직하게 다지고 방울토마토는 먹기 좋은 크기로 썬다.

2. 달군 냄비에 올리브오일을 두르고 양파와 샐러리를 넣고 볶다가 홍합을 넣는다.

3. 2에 화이트와인을 붓고 뚜껑을 덮어 홍합이 입을 벌리면 방울토마토를 넣고
    고루 섞어 한소끔 끓으면 올리브유와 후추 약간을 넣고 맛을 낸 뒤, 감자튀김을
    같이 곁들여낸다.

after
school

brunch
in

essay

Bekah

가족과 함께하는 순간, 눈물과 기쁨이 함께해요

난 또래들보다 관계에 대한 애착이 크다. 콕 짚어 말하자면 가족이 나 개인보다 훨씬 중요하다고 생각한다. 개인주의가 우리보다 훨씬 심해 보이는 미국 땅에선 의외로 많은 사람들이 나처럼 생각한다. 많은 인종들이 하나로 어우러져 살아가는 미국이란 멜팅팟에서 결국 진심으로 기댈 수 있는 건 자신의 핏줄이니까.

식구들 한 명 한 명이 모두 소중하지만 동생은 특히 더 각별하다. 바쁘신 엄마를 대신해 나는 내 동생을 내 자식처럼 소중하게 돌보곤 했다. 동생이 아프면 내 몸이 더 아팠고 동생이 어쩌다 크게 웃으면 하루 종일 기분이 좋았다. 반대로 동생이 커가면서 오히려 내가 동생에게 도움을 받는 일도 많았다.

한국에 와서 가수가 된 것도 따지고 보면 동생의 힘이 컸다.

하와이에서 열렸던 오디션에 참가하기 위해 오로지 댄스만 준비했던 나는 바로 하루 전날에야 노래도 함께 해야 한다는 사실을 알고는 완전히 낙담했다. '얼마나 기다려온 오디션인데…….' 어린 나이에 처음 보게된 오디션이라 아무 정보가 없었던 나는 그렇게 첫 오디션의 기회를 잃을 뻔했고 넋을 잃고 방 한 구석에서 웅크리고 있는 나에게 동생이 다가와 해 준 말은 이것이었다. "언니, 걱정은 왜 해. 수백 번도 더 연습해 온 노래가 있으면서." 그렇게 동생의 손에 떠밀려간 오디션. 그 자리에서 난 평소 밥 먹듯 부르던 CCM을 용기 내어 불렀고 다행히 지금 이 자리에 올 수 있었다.

그런 야무진 동생이 얼마 전 고등학교를 졸업했다. 모두들 서로의 졸업을 축하하느라 활기가 넘쳐났던 졸업식장. 이윽고 졸업자인 동생의 이름이 커다란 스피커를 통해 장내에 울려 퍼졌다. 난 숨죽여 동생이 단상에 오르는 걸 지켜봤다. 늘 어린 아이라 생각했고 항상 걱정하며 조마조마해 했는데, 어느새 눈앞의 동생은 어엿한 사회인으로 성장해 있었다. 순간, 동생과의 지나간 추억들이 머릿속에 필름처럼 지나가면서 나도 모르게 눈물이 하염없이 터져 나왔다. 주위 미국 친구들은 아마 동양인들의 익숙지 않은 감정 표현에 좀 놀랐을 거다. 나중에 내가 엄마가 된다면 꼭 이런 심정이지 않을까. 눈물과 기쁨이 뒤섞였던 그때의 묘한 감정은 지금까지도 내 뇌리 속에 고스란히 자리하고 있다.

동생은 물론이고 지금도 하루에 두 번씩은 꼭 하와이에 있는 식구들과 통화한다. 특히 할머니는 나의 가장 강력한 서포터다. 내가 출연한 쇼 프로그램을 녹화해 수십 번씩 비디오로 돌려 보며 손녀 자랑에 열을 올리시니까 말이다. 가요 순위 프로그램에서 처음으로 1위를 한 뒤 엄마에게 전화했을 땐 엄마의 환호성 때문에 귀가 다 아플 지경이었다. 그 짧은 순간만으로도 홀로 한국에서 겪었던 외로움과 어려움들을 모두 보상받는 듯 했다.

모든 것의 시작이자 원동력, 바로 나의 가족이다.

맥앤치즈

재료

양파 1/4개, 햄 2장, 마카로니 1컵, 체다치즈 채 썬 것 2/3컵, 생크림 1/2컵,
빵가루 2큰 술, 소금, 후추, 포도씨유 약간씩

만들기

1. 양파와 햄은 잘게 썬다. 마카로니는 삶아둔다.

2. 달군 팬에 포도씨유를 두르고 양파와 햄을 넣어 볶는다. 여기에
생크림을 붓고 끓으면 체다치즈와 마카로니를 넣고 고루 섞은 뒤, 소금,
후추로 간을 한다.

3. 오븐용기에 2를 담고 위에 빵가루와 후추 섞은 것을 올려 200도로
예열된 오븐에서 5분간 노릇하게 굽는다.

1위의 순간, 믿어지지 않았어요

가수에게 가장 기쁜 일은? 두말할 필요도 없이 자신의 노래를 대중들이 좋아해주는 것이다. 특히 우리 같은 신인들에겐 방송이나 음악차트 순위가 매우 중요하다. 학교에 입학한 뒤 처음 치러낸 중간고사 성적표만큼이나 사람을 떨리게 한다. 많은 가수들과 걸그룹이 쏟아져 나오는 시대인지라 짧은 시간 안에 관심을 끌지 못하거나 실력을 인정받지 못하면 몇 년간의 노력이 물거품이 되기 십상이기 때문이다. 다행히 우리는 데뷔한 지 거의 1년 만에 첫 1위의 영광을 맛봤다. 크리스마스를 5일 앞둔 날이라 개인적으로는 더욱 극적으로 느껴졌다.

　　방송국 무대 위에서 1위를 맞이하는 순간은 정말이지 드라마틱하다. 바로 옆 자리에는 자신의 노래가 1위로 등극하길 바라는 동료 가수들이 있고, 저 앞쪽으로는 각각 다른 가수들을 응원하는 수많은 팬들이 객석을 가득 메우고 있다. 한 마디로 엄청난 시샘과 열띤 응원의 기운이 홀을 가득 메우고 있다.

　　우리가 1위를 했을 때도 마찬가지였다. 금방이라도 펑 하고 터져버릴 것 같은 긴장감으로 꽉 찬 무대 위, 후들거리는 다리로 간신히 버티고 서 있을 때의 그 조마조마한 심정이란! 그리고 미처 마음의 준비를 끝내기도 전에 터져 나온 믿기지 않는 호명!

　　"1위, 애프터스쿨~! 축하합니다."

　　당시 처음 든 생각은 어이없게도 '이거 정말 맞아? 꿈이면 어떡하지?' 였다. 몇 번이고 모니터를 확인하면서 멤버들의 얼굴에 눈물이 흐르고 있는 것을 보고서야 비로소 실감이 났다. 아, 정말 심장 박동이 내 귀에 그렇게 크게 울렸던 때가 또 있을까.

　　이어서 앵콜곡을 부르고 있자니 그제야 이제껏 멤버들과 동고동락한 일들이 하나씩 하나씩 떠올라 하염없이 눈물이 흘렀다. 정말, 흥분과 감동의 도가니가 따로 없었다.

　　그날 밤 우리는 회사 스태프들과 오랜만에 삼겹살 파티를 열었다. 사실 난 고기 같은 건 먹지 않아도 좋았다. 마냥 배가 부른 느낌이었다. 진정한 포만감이 이런 게 아닐까 싶은.

그 와중에 문득, 주위를 돌아보니 밤낮을 가리지 않고 도와준 회사 스태프들이 새삼 눈에 들어왔다. 왜 배우들이 시상식장에서 그토록 길게 스태프들의 이름을 열거하는지 갑자기 이해할 수 있었다. 비록 스포트라이트는 우리에게만 쏟아지지만, 애프터스쿨 멤버들에게 있어 진정한 1등은 바로 이들이다. 오늘도, 내일도, 그들과 같은 기쁨을 공유하기 위해 우리는 신나게 뛰어갈 것이다.

더블 베리 프렌치토스트

재료

통식빵 1/2개 분량, 달걀물(달걀 1개, 우유 3큰 술, 소금,
계피가루 약간씩), 딸기 8개, 블루베리 2큰 술, 슈가파우더,
생크림, 메이플 시럽, 버터 적당량

만들기

1. 통식빵은 두툼한 삼각형 모양으로 썬 뒤, 달걀물을 입히고
버터를 넣어 달군 팬에 노릇하게 굽는다.
2. 접시에 1과 먹기 좋게 썬 딸기와 블루베리를 얹고, 생크림과
메이플 시럽을 곁들여 담은 뒤, 슈가파우더를 뿌려낸다.

실수는 나의 힘

　처음으로 무대에 오르기 시작했던 시기엔 경험이 부족해 실수를 많이 했다. 눈치 빠른 팬들은 아마 눈치 챘을 지도 모르겠다. 특히 첫 무대에서 너무 긴장한 탓에 실수를 연발했다. 역시 가사가 문제였다. 미국에서 태어나고 자랐던 탓에 한국말을 배운다고 배웠지만 여전히 입에 착 달라붙지 않았던 상태였고 노래는 더더욱 어렵게 느껴졌다. 가사가 틀려서 당황하는 바람에 자칫 안무가 무너질 뻔 한 적도 있다. 무엇보다 더 나쁜 점은 후유증이었다. 실수했던 장면이 계속해서 머릿속을 맴돌았고 쥐구멍에라도 숨고 싶은 심정에 무척 괴로웠다.

그래서 더욱 '기도'가 필요했다. 지금도 무대 오르기 전이면 난 항상 스스로 이런 최면을 건다. 하나님이 내가 감당할 수 있는 것만 주실 거라고. 하나님이 지켜보는 가운데 최선을 다한다면 어떤 불행한 일이 일어나더라도 그냥 훌훌 털어버릴 수 있을 거라고.

기도의 힘은 나뿐만 아니라 애프터스쿨 멤버들에게 상당한 영향력을 가지고 있다. 무대에 오르기 전 모두가 둘러서서 서로의 손을 꼭 붙잡고 기도하는 순간이야말로 비로소 퍼즐이 하나로 완벽하게 맞춰지는 느낌이다. 혹 실수를 하더라도 내 뒤에는 7명의 친절한 동료가 있고 그들이 내 실수를 보듬어줄 거라는 믿음 때문에 무대에 오르는 발걸음이 한결 가벼워진다.

또 하나 빈번했던 실수는 존댓말에 얽힌 것들이었다. 사실 내가 가장 헷갈렸던 건 언어 자체보다는 태도의 문제였다. 연장자 순서대로 존재하는 서열이란 게 도무지 이해가 되지 않았고, 의도치 않은 실수를 할까 봐 늘 조심스러웠다. 연습생 시절에 단지 교포라는 이유만으로 오해를 받아 외톨이처럼 지낸 경험이 있어 더욱 신경이 쓰였다.

하지만 나중엔 이렇게 움츠러들 필요가 뭐가 있나 싶었다. 조심스러움이 오히려 마음의 벽을 만들고 사람들을 다가오지 못하게 막는 거 아닐까? 결국 이렇게 생각하기로 했다. 그래, 한국말 서툰 게 뭐 어때서? 못할 수도 있지! 그런 점도 내 일부분 아닌가? 이제부터 눈치 보지 말고 마구 떠들어 보자. 신기한 것은 사람들의 반응이었다. 잘못된 한국말이라도 마구 조잘대니 오히려 귀엽게 봐주는 것이었다. 특히 짜증나거나 화가 날 때 튀어 나오는 말에는 더욱 폭발적인 반응이 따라왔다. 가끔은 너무나 폭소를 터트려서 왜 내가 화를 내고 있는지 어리둥절할 정도로. 실컷 웃은 뒤, 언니들은 우리 이쁜 베카가 쓰기엔 너무 거친 말들이라며 바른 말로 정정해 주곤 했다.

　이렇게 써 놓고 보니 나의 경쟁력은 두 가지로 좁혀지는 것 같다. 기도의 힘과 솔직함. 음, 이제 보니 실수로 인해 나의 힘을 알게 됐네? 멋지다.^^

에그 치즈 컵 브레드

재료

식빵 4장, 달걀 4개, 채 썬 잭치즈, 체다치즈 1큰 술씩, 브로콜리 1/4송이, 베이컨 2장, 올리브오일 2작은 술, 소금, 후추, 바질가루 1/2작은 술

만들기

1. 식빵은 가장자리를 잘라내고 밀대로 얇게 밀어 컵이나 머핀틀에 끼운다.

2. 1에 잘게 썬 잭치즈와 체다치즈, 달걀을 하나씩 깨뜨려 넣은 뒤, 소금, 후추, 바질 가루, 올리브오일을 뿌린다.

3. 170도로 예열된 오븐에서 20분간 구운 뒤, 중간에 알루미늄 호일을 덮고 다시 15분간 더 구워서, 브로콜리와 베이컨 볶은 것과 곁들여 접시에 담아낸다.

아, 나의 한강이여

하와이에서 태어나고 성장한 나에게 해변은 가장 친숙한 장소다. 친구들은 수업이 끝나자마자 부리나게 자동차에 서프보드를 넣고 와이키키 해변으로 달려갔다. 태양이 넘실대는 짙푸른 바다와 멋지게 포물선을 그리는 시원한 파도에 몸을 맡기면 서너 시간이 눈 깜짝할 사이에 지나갔다. 상쾌함과 달콤한 피로감이 몸을 감쌀 때면 해변은 금빛 석양으로 물들었고, 우리는 매일 매일을 그렇게 황홀하게 보냈다.

그래서 처음 한국에 왔을 땐 한동안 적응하기가 참 힘들었다. 무엇보다 탁 트인 장소에 익숙한 나에게 크고 작은 빌딩들이 잔뜩 밀집된 도시 서울은 답답함 그 자체였다. 한동안 투덜투덜하다가 발견한 최고의 장소는 바로 한강. 스트레스에 지쳐 한계 상황에 달했을 때마다 나는 한강으로 달려갔고 누가 보건 말건 크게 함성을 지르며 가슴 속 답답함을 털어내곤 했다.

　물론 한강은 화풀이를 하는 용도로만 사용하기엔 너무 아까운, 아름다운 장소이다. 특히 해질녘이 무척 좋다. 보컬 레슨을 마친 뒤 아이팟의 볼륨을 최대로 올리고 한강에 나가면 기분이 그렇게 상쾌할 수가 없다. 와인 컬러로 검붉게 물들어 가는 석양이 반포대교를 배경으로 한 가득 시야에 들어찰 때는 너무나 로맨틱해서, 다니엘 헤니 같은 멋진 남자가 갑자기 짠하고 나타날 것 같은 설렘에 사로잡히기도 한다.^^

　더불어 한강은 나만의 비밀 브런치 장소이기도 하다. 스케줄이 없고 아침부터 운동을 하지 않아도 되는 날에는 백화점 지하에 들러 한국 음식들을 테이크아웃 해 한강으로 나간다. 고수부지 잔디밭에 돗자리를 깔고 앉아도 되고 나무 벤치에 앉아도 그만이다. 탁 트인 한강이 있으니 어디에 앉아도 그림 속 여인이 된 기분이랄까. 솔솔 봄바람이 부는 한강변에서 도시락을 까먹는 짜릿한 기분, 그건 정말 경험하지 않고는 모를 거다. 야경 역시 최고! 한남대교, 반포대교 등에 설치된 조명들에 반짝반짝 불이 들어오면 그 순간 서울은 여기가 혹 외국이 아닐까 싶을 정도로 환상적인 공간으로 변신한다.

아쉽게도 요즘은 활동 때문에 한강에 나갈 시간이 거의 없다. 하지만 사람은 적응의 동물이라 했던가. 최근 가장 많은 시간을 보내는 방송국에 나만의 아지트를 지정해뒀다. 바로 옥상! 출연 대기 시간이 길어질 때 난 몰래 옥상으로 올라가 서울의 풍광에 빠져 든다. 이제는 서울 생활에 많이 익숙해진 탓일까. 바다 대신 빌딩의 마천루에 붉은 태양이 넘실대는 장면이 멋져 보이고, 파도 대신 시원하게 뻗은 대로 위를 쌩쌩 달리는 자동차를 구경하다 보면 시간이 훌쩍 지나간다.

크랩케익

재료

양파 1/8개, 샐러리 1/4대, 게맛살 10개, 마요네즈 1/2큰 술, 머스타드 2작은 술,
달걀 1개, 빵가루 1/2~2/3컵, 포도씨유, 후추 약간, 타르타르소스(마요네즈 1큰 술,
다진 양파, 피클 1/2큰 술씩, 소금, 후추, 파슬리 약간씩)

만들기

1. 양파와 샐러리는 잘게 다져 달군 팬에 포도씨유를 두르고 살짝 볶아
식힌다.

2. 게맛살은 잘게 다져 1과 마요네즈, 머스타드, 달걀, 빵가루, 후추를 넣고
섞은 뒤, 넓적한 모양으로 빚어 냉장고에 30분간 둔다.

3. 달군 팬에 포도씨유를 두르고 2를 넣어 노릇하게 구운 뒤, 타르타르소스를
끼얹는다. 볶은 아스파라거스, 당근 등의 야채와 함께 곁들여 낸다.

미친듯이 놀아보세요

원하는 일이 있다면 앞 뒤 재지 않고 과감하게 뛰어드는 것. 내가 생각하는 청춘의 모습이다. 그리고 지금 난 내가 정의한 청춘을 제대로 살고 있는 중이다. 18년이나 살았던 고향 하와이를 훌쩍 떠나 머나먼 서울, 이곳에 와 있고 꿈을 이루기 위해 도전하고 있으니 말이다.

비단 꿈처럼 거창한 것 말고, 일상의 크고 작은 일에 있어서도 내 태도는 늘 과감했다. 특히 뭔가 튀고 재미있고 즉흥적인 일에는 물불 가리지 않았던 것 같다. 좀 크레이지하고 위험해 보일 정도로 난 재미있는 일에 올인 하는 호기심 소녀였다.

미국에 있을 때, 한 번은 늦은 밤에 갑자기 수영이 하고 싶어져서 친구들과 무작정 풀장으로 돌격했다. 당연히 문은 잠겨 있었지만 우리는 한 순간의 망설임도 없이 담을 넘기로 작정했다. 내 키의 두 배가 넘는 철조망이 버티고 있었지만 상관없었다.

스파이더맨이라도 된 양 철조망에 찰싹 달라붙어 기어오를 때까진 너무 재미있었다. 문제는 내려올 때였다. 오를 땐 몰랐는데 아래를 내려다보니 너무나 아찔한 거다. 결국 발 한쪽이 펜스에 걸려 얼굴부터 시멘트 바닥에 정통으로 부딪힐 뻔 한 대형 사고가 났지만, 다행히 큰 외상은 입지 않았다. 그렇게 풀장 진입에 성공한 친구들과 나는 옷을 입은 채 한밤의 수영을 실컷 즐겼다.

또 한 번은 한밤중에 친구들과 숨바꼭질을 하기 위해 고등학교에 몰래 숨어들어간 적도 있다. 아니, 애들이나 하는 놀이를? 무섭지도 않나? 하고 미간을 찌푸릴 사람들도 있을 거다. 그러나 불 꺼진 학교에서의 숨바꼭질은 마치 내가 공포 영화에 나오는 호러퀸이 된 듯한 착각을 불러일으킬 정도로 스릴 만점이었다. 게다가 모두가 술래에게 잡혔지만 나와 내 친구는 예외였다. 우리가 짠하고 나타날 때까지 아무도 우릴 찾지 못했다. 설마 냄새 나고 더러운 쓰레기통 안에 들어가 있으리라곤 상상도 못했던 거다.

물론 일상생활 전부를 이런 자극적인 모험으로만 가득 채울 순 없다.

그건 영화 속 삐삐나 가능한 일이다. 하지만 유치하고 좀 무모해 보일 지라도 청춘의 특권은 이런 것에 있다고 난 믿는다. 가슴 뛰는 흥미진진한 일 앞에서 고민하지 말고, 망설이지 말고 덤벼들기. 최대한 즐겨보기. 파파 할머니가 되어서 '아, 내가 그땐 그랬지' 하며 즐겁게 한바탕 수다 떨 수 있도록! 그래서 난 오늘도 반짝이는 눈으로 날카롭게 주변을 탐색한다. 뭐 좀 재미있는 일 좀 없나요?

그릴드 치킨 에그 샐러드

재료
닭 가슴살 1장, 달걀 2개, 방울토마토 5개, 블랙올리브 6알, 샐러드야채 적당량,
소금, 후추, 화이트와인, 바질, 포도씨유 약간씩, 요거트 드레싱(요거트 1큰 술,
마요네즈 1큰 술, 식초, 다진 양파 2작은 술, 소금, 후추 약간씩)

만들기
1. 닭 가슴살은 포를 떠서 소금, 후추, 화이트와인, 바질로 간 하여 10분 이상
둔 다음, 달군 팬에 포도씨유를 두르고 노릇하게 구워 먹기 좋은 크기로 썬다.
2. 달걀은 반숙으로 삶아 큼직하게 자르고, 방울토마토와 블랙올리브, 샐러드
야채도 먹기 좋은 크기로 썬다.
3. 그릇에 1과 2를 곁들여 담은 뒤, 요거트 드레싱을 뿌려낸다.

 +   +   + 

영혼 _soul

난 스프를 너무나 좋아한다. 몸이 으슬으슬할 때나 배가 살짝 고픈 오후 4시, 혹은 늦잠을 잔 일요일 오후 입맛이 없을 때 내가 가장 필요로 하는(!) 음식이다. 한 입 떠 넣었을 때 입안 가득 퍼지는 부드러운 풍미, 부드러운 목넘김, 잠시 후 온 몸 가득 스르르 하고 번지는 따스한 기운. 따끈한 스프 한 접시는 친한 친구의 위로만큼이나 강력하다.

스프는 종류가 무척 다양하다. 흔히 알고 있는 양송이나 옥수수, 브로콜리, 클램 차우더 외에도 오이, 호박, 완두콩, 블루베리 등 어떤 재료를 넣든 스프를 만들 수 있기 때문이다. 닭뼈를 우려낸 스톡을 베이스로 만들면 어떤 재료가 들어가도 깊은 맛이 나서 우리 집에는 항상 치킨스톡이 떨어지는 날이 없었던 것 같다.

그 많은 스프 중 내가 가장 좋아하는 것은 고구마 스프와 토마토 스프 인데, 고구마 스프엔 생크림, 치즈 등이 들어가 굉장히 진하고 풍성한 맛이 나고, 토마토 스프는 소고기 등심과 감자, 샐러리, 버섯 등 온갖 재료를 썰어 넣어 한 그릇 국처럼 즐긴다. 두 가지 모두 먹고 나면 기분 좋게 배를 두드릴 수 있을 정도로 포만감이나 정신적인 만족도가 높은 나만의 '소울 푸드' 였다 고나 할까.

하지만 한국에 와서 나는 스프를 자주 먹기 힘들어졌다. 직접 만들어 먹기엔 여유가 없었고, 사다 먹으려니 그 맛이 전혀 안 났기 때문이다. 스프 하나 먹으려고 레스토랑을 드나들기도 힘들고 말이다.

며칠을 궁리한 끝에 드디어 내가 찾아낸 대안은 바로 고구마 라떼. 친 한 푸드 스타일리스트 언니가 살짝 알려준 레시피 대로 만들어보니 그 맛이 정말 일품이었다. 찐 고구마에 연유, 우유를 넣고 믹서기에 곱게 갈기만 하면 끝이니 요리 실력도 필요 없었고 무엇보다 좋은 점은 스프가 생각날 때마다 후다닥 만들어 먹기에 안성맞춤이었다. 원래는 훌훌 마시기 좋게 우유의 양 을 많이 넣는 게 정석이지만 나는 일부러 고구마의 양을 많이 넣고 즐기기도 했고, 아예 전자 레인지에 데워서 따끈한 상태로 만들어 정말 스프처럼 숟가 락으로 떠먹기도 했다. 연유 대신 소금만 넣으면 정말 딱 '스프'스러웠다.

다음에는 고구마 대신에 다른 재료를 넣은 색다른 라떼를 만들어볼 생각이다. 미숫가루도 좋고(심지어 미숫가루를 우유에 넣어 끓여도 미음처럼 된다니!) 바나나를 넣어도 좋고. 라떼의 궁합 역시 스프 만큼이나 많은 것 같다.

마음을 다독여 주는 이 간단 버전의 음료는 언젠가 기회만 된다면 어려운 처지의 청소년들을 만나 대접하고 싶다. 일주일에 한번씩 밥을 퍼 나르는 '밥차'처럼, 그들을 위한 '라떼 카'를 만들어 '소울 푸드'를 맛보게 하는 건 어떨까. 그리고 이런저런 고민들을 함께 나눈다면 조금은 서로의 근심, 걱정도 나눌 수 있지 않을까. 나는 오늘도 따끈한 스프, 아니 라떼 메뉴를 즐겁게 궁리 중이다.

고구마 연유 라떼

재료
고구마 1개, 우유 2~2컵 반, 연유 1/2~1큰술, 계피가루 약간

만들기
1. 고구마는 찐 다음에 껍질을 벗기고 믹서기에 우유와 함께 넣고 간다.
2. 1에 연유를 넣고 따뜻하게 데운 뒤, 계피가루를 뿌린다.

해바라기 같은 사랑을 하고 싶어요

　　예전엔 몰랐는데 점점 꽃이 좋아진다. 벨벳처럼 보드라운 꽃잎을 만지며 향을 코로 가득 들이키고 있노라면 자연의 싱싱한 생명력이란 게 이런 거구나 감탄하게 된다. 수많은 꽃잎이 겹겹이 쌓여 더없이 로맨틱한 느낌을 자아내는 수국도 좋고 봄이면 활짝 피어나는 노란 개나리도 좋고 빈티지한 양동이에 한 가득 꽂아두면 너무나 예쁜 안개꽃도 좋다. 심지어 소재로 쓰이는 유칼립투스도 그 자체로 예쁘고 긴 나뭇가지와 작은 이파리들이 바람에 하늘거리는 형태의 화분도 보고 있노라면 마음이 편안해진다. 장미 허브, 레몬그라스, 타임, 민트 류의 앙증맞은 허브들은 또 어떻고! 그래서 집 근처 꽃집은 내 놀이터다. 나도 모르게 '우와, 예쁘다'를 남발하며 이것저것 구경하다 보면 시간이 어느새 훌쩍 흘러 버린다.

　꽃과 늘 함께 하는 플로리스트들을 보면 그래서 살짝 질투가 일었다. 저 예쁜 아이들과 매일 매일 질리도록 함께 하니 얼마나 좋을까. 물론 이런 나의 철없는 상상은 건너 알게 된 플로리스트 실장님의 생생한 증언으로 깨져버렸지만. "새벽마다 잠도 못 자고 꽃 시장에 쫓아가서 소재며 화분이며 무거운 것 일일이 사다 날라야 하고, 행사에 필요한 꽃다발 만드느라 어떤 땐 작업실에서 햇빛 한번 못 봐. 손이 그 중 가장 고생해. 손톱은 부러지고 손등은 막노동꾼처럼 거칠거칠해 지는데 관리를 해도 금방 도로아미타불이니까 어느 순간 포기하게 돼." 아, 꽃처럼 고고할 줄 알았던 그들의 인생에도 알고 보니 태클이 많았구나. 난 이후 플로리스트들을 질투하는 대신에 존경하기로 맘먹었다. 애인의 나쁜 점도 덤덤히 받아들여 끝까지 사랑하는 정절녀의 기상이 느껴졌기 때문이다.

　그런데 가녀리고 아름다운 꽃들에게만 사랑을 퍼부었던 내가 최근 엉뚱하게도 해바라기의 매력에 푹 빠져버렸다. 이건 좀 부끄러운 얘긴데, 사실 난 해바라기가 가진 의미를 전혀 모르고 있었다. 평생 한 사람만 바라본다는 거 말이다. 해바라기의 꽃말은 그리스 신화에 기인하고 있다. 태양의 신인 아폴로를 짝사랑하게 된 물의 요정 클리티아가 하루 종일 아폴로가 지나간 길, 즉 태양이 지나가는 길만 쳐다보다가 그대로 땅에 두 다리를 디딘 채 해바라기가 됐다고 한다. 이 이야기를 들으면서 문득 한 사람만 바라보는 그런 사랑이 과연 내게도 찾아올까 하는 의문이 떠올랐다. 평생 한 사람만 바라보는 정절의 사랑. 글쎄. 난 그런 순애보가 더없이 멋지게 느껴진다. 나도 해바라기 같은 사람이 되고 싶다.

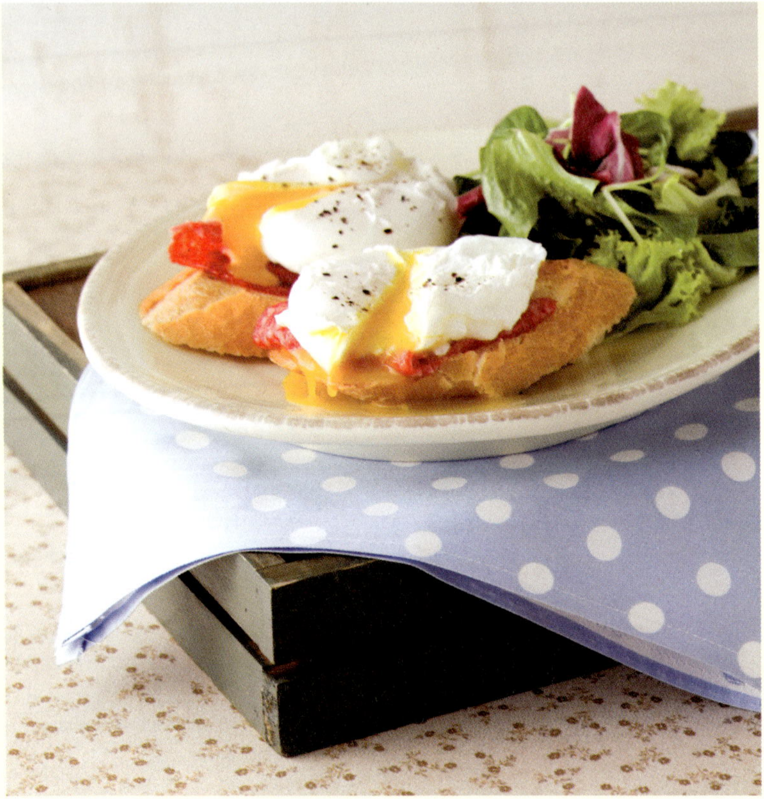

| 왠지 모르게 해바라기와 어울리는 Brunch |

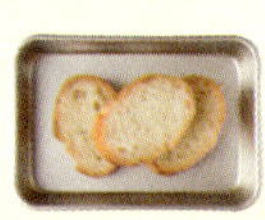

포치드 에그를 얹은 살라미토스트

재료

슬라이스 바게트 4조각, 살라미 4장, 달걀 4개, 식초 1큰 술, 샐러드야채, 후추 적당량

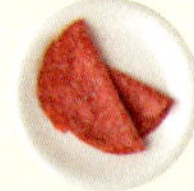

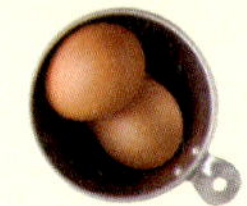

만들기

1. 슬라이스한 바게트는 노릇하게 구운 뒤, 살라미를 얹고 후추를 뿌린다.
2. 냄비에 물을 넣고 끓이면 식초 1큰 술을 넣고 저은 뒤, 식용유 바른 국자를 담그고 달걀을 하나씩 깨뜨려 넣어 반숙 상태로 익혀 건진다. 이렇게 4개의 수란을 만든다.
3. 2를 1위에 얹고, 샐러드 야채와 함께 곁들여 낸다.

by 베카

after school

brunch in

essay

Uie

내 인생 최고의 날

첫경험 하면 난 첫사랑보다 내 첫무대가 떠오른다. 애틋하게 떠오르는 그리운 사람도 없으니, 아직 첫사랑이라 할 만한 경험은 없었던 거 같다. 내게 가장 강렬한 경험이라면 내가 처음 애프터스쿨 멤버가 됐을 때, 그리고 그 데뷔 무대다.

우리 멤버 언니들을 처음 만났을 때를 잊을 수가 없다. 아직 연습생이던 시절, 무대 의상 차림 그대로 막 연습실에 온 언니들이 얼마나 멋지던지. 언니들은 연습생인 나를 알고 있었으니 너무 반갑게 인사해 줬지만, 난 눈앞에서 TV에서나 보던 언니들을 봤다는 생각에 너무 신기해서 완전 얼어버렸다. 그때 언니들이 다음 스케줄 전 안무를 맞춰보려고 연습실에서 'AH' 무대를 펼쳤는데, 카메라로 찍고 싶은 충동을 참느라 정말 힘들었다! 그렇게 짧지만 강렬한 만남이 있고 난 뒤 어느 날, 언니들이 다 모인 자리에서 이사님이 나를 부르시더니 앉히시고 오디오를 트셨다. "이 곡이 너희의 두 번째 앨범 곡이야. 그리고 이제 유진이도 함께 한다." 그 말씀에 온 몸에 소름이 돋았다! 그 노래가 바로 'Diva' 였다. 아직 다듬어지지 않은 가이드만 나온 곡이었지만 그게 내 노래라는 게 믿기지가 않았다.

      그리고 그토록 바라던 나의 첫 무대가 있던 날, 마침 그날은 내 생일이었다. 난 생일에는 이상한 징크스가 있다. 뭔가 일이 터지거나, 주변사람은 물론 나도 기억 못해서 어정쩡하게 넘어가거나. 물론 그 날도 생일 축하 파티는 꿈도 꿀 수 없었다. 난 첫 무대라 완전히 정신없었고, 언니들도 컴백하는 중요한 날이었으니 내 생일을 축하해달라고 어린애 같은 투정을 부릴 순 없었다. 하지만 그 날은 너무나도 특별했다. 지금까지 받지 못했던 모든 축하를 그날 그 무대에 서면서 모두 받은 것만 같았다. 화려한 조명 아래, 팬 앞에서 그토록 꿈꾸던 'Diva'의 첫 무대를 선보이다니! 꿈만 같은, 그 행복한 순간이 내 징크스를 한 번에 날려버렸나 보다. 올해 생일엔 4년 만에 처음으로 엄마가 끓여주신 미역국도 먹고, 팬 여러분의 마음이 담긴 선물도 받았다. 저녁엔 연습실서 밤을 새긴 했지만.^^ 지금도 데뷔 무대만 생각하면 가슴이 막 두근두근거린다. 그렇게 멋진, 그리고 강렬한 경험이 내 평생 또 있을까?

스파이시 단호박 수프

재료

단호박 1/4개 분량, 양파 1/4개, 버터 1큰 술, 우유 2컵 반, 생크림
1/2~2/3컵, 넛맥, 계피 1/8작은 술씩, 치킨스톡 1/2개, 소금 약간

만들기

1. 단호박은 속을 파내고 전자렌지에서 8분간 익힌 뒤, 껍질을
제거하고 작게 썬다.

2. 양파는 잘게 다진 다음, 달군 팬에 버터, 단호박과 함께 넣고
볶다가 투명해지면 우유와 생크림을 조금씩 부어가며 뭉근히
끓인다.

3. 단호박이 익으면 블랜더를 이용해 곱게 갈아낸 다음 넛맥,
계피가루, 치킨스톡을 넣고 걸쭉하게 끓인 뒤, 소금으로 간 하여
그릇에 담아낸다.

Please, Stop

분노_Anger

아직은 어린 나이지만 사회생활을 일찍 시작한 탓일까 이제는 나름대로 분노에 대처하는 방법을 하나씩 배워 나가는 것 같다.

화가 나거나 짜증이 나도 부모님이 걱정하실까봐, 멤버들이 걱정할까봐 혼자 삭이고 많이 참게 된다. 그런데, 나도 모르게 몸에 밴 이런 태도를 이제는 조금씩 버려야 할 것 같다. 요즘 연기 선생님께 많이 듣는 이야기 중 하나가 '어른인 척 하지 말아!'라는 말이다. 연기는 감정 표현을 해야 되는데, 괜히 참고 웃는 모습을 보이려고 하는 게 몸에 배어 있어서 연기에 방해가 된다시며 한 번은 소리내서 울고 감정을 표현해 보라고 과제를 주셨다. 마음이 아파서 울면 소리도 지르고, 물건도 집어던지고 그래야 할 텐데, 난 옛날 울던 모습대로 입을 막고 끅끅거리면서 너무나도 조용히 읊조리기만 했다. 아무래 도 연기를 잘 하려면 내 감정에 솔직해지는 것 부터 연습해야 할 거 같다.

물론 어른이 되어 갈수록 내가 표현하는 감정의 하나하나에 점점 더 큰 책임이 따른다는 것 또한 알게되니…. 아무튼 참 쉽지 않은 문제다.

그래서 나는 아무리 잘 참고 견뎌내도, 가끔 그게 어려울 때면 초콜릿 의 힘을 빌어본다. 무대 서기 전에 너무 긴장될 때도, 화가 나서 기분이 바닥 을 칠 때도, 초콜릿을 먹으면 순식간에 나쁜 기분이 싹 사라진다. 그래서 가끔 초콜릿을 몇 개씩 갖고 다니기도 한다. 아몬드나 칩 같은 것이 하나도 들어가 지 않은 순수한 초콜릿만! 입에 넣으면 순식간에 사르르 부드럽게 녹는 그 느 낌이 너무 좋다. 나를 화나게 하는 것, 나를 슬프게 하는 것들을 한 번에 날려 주는 초콜릿, 넌 내 마법의 묘약이야!

쇼콜라무스

재료

다크 초콜릿 110g, 버터 1/2큰 술, 달걀노른자 2개, 생크림 50g, 달걀흰자 3개, 설탕 20g, 카스텔라 적당량

만들기

1. 카스텔라는 얇게 썰어 디저트 컵 안에 깐다.
2. 다크 초콜릿과 버터는 중탕한 뒤, 달걀노른자와 생크림을 넣어가며 섞는다.
3. 달걀흰자에 설탕을 넣고 단단하게 휘핑한 뒤, 2에 조금씩 나눠 넣고 섞은 다음, 1에 채워 냉장고에서 1~2시간 굳힌다.

너무 부러운 우리 멤버들, 배우고 싶어

　　나는 우리 멤버들의 재능이 참 부럽다. 부러운 것이 있으면 질투하거나 시기하기보다 마냥 부러워서 닮고만 싶다. 그래서 부러운 점을 발견하면 그 사람한테 가서 대뜸 가르쳐 달라고 조를 때도 많다. 주연언니는 패션 센스가 너무 좋아서 가끔 눈에 띄는 아이템을 하고 오면 나도 모르게 '언니, 그거 어디서 샀어요?'하고 물어본다. 그림을 굉장히 잘 그리는 베카에겐 그림 그리는 법을 배운다. 가희 언니는 춤을 잘 추니까 춤을 출 땐 나도 모르게 가희 언니를 보게 된다. 언니는 이때 어떤 표정을 지었는지, 이 동작에선 손을 어떻게 하는지…. 안무가 아니라 혼자 프리스타일 댄스를 하게 될 때는 가희 언니의 댄스를 살짝 따라해 볼 때도 많다. 레이나는 노래를 잘 해서 가끔 내 목소리에 맞는 곡을 추천해 달라고 부탁하기도 한다.

　이렇게 배워야 할 것 투성이인 부족한 나인데, 나를 부러워하는 사람도 있다는 걸 알고 너무 신기했다. 나나가 '저 언니 팬이에요'라고 할 때는 정말 깜짝 놀랐다! 팬 분들에게 '언니 같은 사람이 되고 싶어요'라는 말을 들었을 때는 너무나 기분이 좋았다. 그런데 사람은 만족이 없나 보다. 조금 더 잘하고 싶고, 그래서 잘 했다는 말을 들으면 더더욱 욕심이 생긴다. '너 오늘 웃는 모습이 좋았어'라는 칭찬을 들으면 그날 사진이랑 영상을 일일이 찾아보면서 내 표정을 연구할 때도 있다.^^

　그런데도 절대 극복 안 되는 부러운 점이 딱 한 가지 있다. 정아 언니랑 주연 언니, 나나, 리지의 아무리 먹어도 살이 찌지 않는 체질! 살이 안찌는 멤버들이 밤에 케이크 같은 군것질을 하는 걸 보면 어떤 땐 괜히 짜증을 내볼 때도 있다. 다른 건 노력하면 되는데, 체질은 정말 어떻게 할 수가 없으니 그냥 부러워할 수밖에. 아, 정말 부럽다!

토마토 프리타타

재료

방울토마토 6개, 브로콜리 1/6송이, 양파 1/2개, 삶은 마카로니 3큰 술,
베이컨 2장, 달걀필링(달걀 3개, 생크림 1/4컵, 파마산치즈 3큰 술, 소금, 후추, 넛맥 약간씩),
포도씨유 약간

만들기

1. 방울토마토와 브로콜리, 양파는 한입 크기로 썬다.
2. 브로콜리는 끓는 물에 데친 뒤, 양파, 마카로니, 베이컨과 함께 소금, 후추로 간하여 볶는다.
3. 오븐 용기에 2와 방울토마토를 담고, 달걀필링을 자작하게 부어 180도로 예열된 오븐에서 30~40분간 노릇하게 굽는다.

다시 태어나도,
나는 가수야

가수 _ singer

나는 가수라는 직업이 참 매력적이라고 말하고 싶다. 우리만의 노래가 있다는 게 정말 이런 기분일줄은 몰랐다. 어딜 가던 애프터스쿨 노래가 나오고, 짧은 파트지만 내 목소리가 나오고, 많은 사람들이 노래를 따라 불러준다. 난 정말 행복하게 일하는 것 같다. 다시 태어나도 가수의 길을 가고 싶다.

사실 내가 가수라는 직업을 선택하게 될 거라고는 생각도 못했다. 어릴 때부터 노래에 재능을 보여서 계속 트레이닝 했던 것도 아니고, 막연히 무대에 서면 좋을 거라는 환상만 갖고 있었다. 'Diva'로 데뷔했을 때는 무조건 열심히, 틀리지 않아야 된다는 압박감에 방송이 부담스럽기만 했다. '너 때문에'

로 활동할 때부터 겨우 여유가 생겼지만, 그래도 마음에 꼭 들게, 만족스럽게 무대를 끝냈던 적이 없었다. 매번 이거 틀렸는데, 틀린 거 방송에 나가면 안 되는데 하면서 아쉬워하고 그나마 큰 실수 안했다는 걸 위안으로 삼았다.

피곤하고 힘들어서 우는 날도 많았다. 음악 방송 스케줄이 있는 날이면 새벽 5시부터 샵에 가서 준비를 하고 하염없이 기다리는 시간을 보냈다. 방송이 끝나고 나면 네다섯 개 씩 이어지는 무대들이 기다리고 있었다. 지방까지 내려가야 할 때는 나도 모르게 푸념이 나오고 짜증을 부렸다. 그렇게 지칠 때면 가끔, 아주 가끔은 '내가 왜 이걸 하고 싶어 할까' 하는 생각이 문득문득 떠올랐다. 이렇게 마음 졸이면서까지 무대에 서야 할까, 내가 정말 하고 싶은 일이 이거였을까……. 그런데 무대, 특히 카메라가 없는 무대에 올라가면 이런 생각을 전부 다 잊게된다! 올라가기 전까지 투덜거리다가도 무대 위에 조명이 비치면 나도 모르게 온 힘을 다해 춤추고 노래한다. 나도 모르는 그런 정열이 튀어나와 내 몸과 마음을 온통 조종하는 것만 같은 그 느낌! 그 환희의 시간이 끝나 무대를 내려오면 또 축 처져서 찡찡대는 이전의 나로 다시 돌아오기도 하지만.

지금은 드라마 때문에 조금 다른 스케줄로 생활하기 때문에 무대에 서고 싶은 생각이 들어 몸이 간질간질할 때가 있다. 우리 멤버들이랑 서는 무대, 정말 미친 듯이, 신나게 춤추고 노래하는 무대가 너무 그립다!

요거트밀크 후르츠 그라놀라

재료

청포도, 포도 8알씩, 딸기 8개, 그라놀라 시리얼 4컵, 건포도,
아몬드슬라이스 1큰 술씩, 플레인 요거트 2통, 우유 2컵

만들기

1. 과일들은 한입 크기로 썬 다음 그라놀라, 건포도, 아몬드 슬라이스와
함께 그릇에 담는다.

2. 플레인 요거트와 우유 섞은 것을 1에 붓는다. 단 맛을 좋아한다면
올리고당이나 꿀을 곁들인다.

당신은 나의 우상, 비욘세

나의 롤모델은 비욘세Beyonce! 무대 위에서의 카리스마, 상상초월 가창력, 완벽한 몸매. 그녀는 나의 롤 모델이다.

지금은 나의 영원한 우상이지만, 고등학교 때까지 운동만 하던 나는 비욘세가 어떤 노래를 불렀는지도 잘 몰랐다. 그룹 데스티니스 차일드Destiny's Child 멤버라는 것도, 내가 좋아하는 '크레이지 인 러브Crazy In Love'가 비욘세의 노래라는 것도 전혀 모르고 있었다. 연습생이 되어서야 내 주변에 노래와 댄스에 대한 이야기가 많아졌고, 음악을 많이 아는 동생들에게 하나하나 배워갔다. 그때 처음으로 데스티니스 차일드의 '세이 마이 네임Say My Name'을 듣게 됐다. 비욘세가 데스티니스 차일드의 멤버라는 걸 그때 처음 알았고, 그 목소리와 분위기에 반하면서 조금씩 비욘세의 영상과 콘서트를 찾아보게 됐다. 관심이 없던, 잘 몰랐던 사람이었지만 갑자기 눈이 확 떠지는 것 같은 느낌이 들었다. 비욘세는 정말 여신 같았다. 글래머러스한 몸매에 멋진 가창력, 그리고 노래하면서 보여주는 그 매혹적인 눈빛까지……. 내가 따라할 수 없을 것만 같은 영원한 동경의 대상이 생긴 거다.

내가 이름을 알리게 된 계기가 됐던 '스타킹'에서 춘 댄스 곡도 비욘세의 '싱글 레이디Single Lady'였기 때문에 혼자서 '비욘세는 역시 내 님!'이라며 좋아했다. 뭐든 연결해 보고픈 이 마음, 열렬 팬심이다!^^

작년에 나의 우상, 비욘세가 내한 공연을 온다는 소식을 들었을 땐 가슴이 터질 것 같았다. 그런데 하필 그날 촬영이 잡힐 줄이야. 꼭 자료를 구해 준다는 다짐을 받고 또 받고 난 뒤에야 아쉬움을 접고 촬영하러 갔었는데, 결국 자료를 구할 수 없었다는 말 밖에는 못 들었다. 공연을 보러 갔던 멤버들이 너무 부럽기만 했다.

다음에 비욘세 콘서트가 있으면 무조건, 꼭, 반드시 갈 거다! 영어 공부도 해서 꼭 인사도 하고 싶다. 너무 떨려서 구구절절히 말하지는 못할 거니까, 적어도 내 마음만이라도 전해야지. 정말 만나고 싶었다고, 당신은 내 우상이라고. 아, 생각만 해도 너무 떨린다!^^

고르곤졸라 파스타

재료

애느타리 버섯 1/2팩, 양파 1/2개, 마늘 2톨, 생크림 2컵 반~3컵, 파마산치즈 1
큰 술 반, 고르곤졸라 치즈 1큰 술, 소금, 후추, 화이트 와인, 포도씨유 약간씩,
딸리아뗄레 파스타면 2인 분량

만들기

1. 애느타리 버섯은 가닥을 떼어놓고, 양파는 채 썬다. 마늘은 저며 썬다.
2. 달군 팬에 포도씨유와 저민 마늘을 넣고 볶다 애느타리 버섯, 양파를 넣고
볶는다. 여기에 소금, 후추, 화이트와인을 뿌린 뒤, 생크림을 넣고 끓인다.
3. 2에 딸리아뗄레 면 삶은 것을 넣고 볶다가 파마산치즈와 고르곤졸라
치즈를 넣고 고루 섞는다. 마지막으로 소금, 후추 간 한 뒤, 불을 끄고 접시에
담아낸다.

선택의 기로에서

갈등 _ conflict

　새로운 꿈을 위한 선택, 그 갈림길에 서면 항상 갈등하게 된다. 이 길을 갈지, 저 길을 갈지…….그러면서 주위 사람들과도 갈등을 빚게 되는 것 같다.

　처음 연예인이 되고 싶다고 마음먹었을 때도 그랬다. 지금까지 운동만 하던 내가 과연 잘 할 수 있을까, 과연 내게 그만큼의 재능이 있을까. 하지만 연예인이 되겠다는 새로운 꿈은 내게 너무나도 소중했고, 그래서 태어나서 처음으로 부모님께 대들었다. 반대하는 부모님께 소리도 지르면서 고집도 부리고……. 물론 부모님의 마음은 너무나도 잘 알고 있었다. 운동만 했던 애가 갑자기 연예계에 뛰어들겠다니 얼마나 걱정되셨을까. 지금까지 겪었던 것 보다 더 많은 실패와 좌절을 겪으며 마음고생을 할 게 뻔히 보이셨을 테니까, 소중한 막내딸이 힘든 길을 가는 게 너무나 염려되셨던 거다.

부모님이 심하게 반대하실 만하게 내 조건은 그리 좋지 않았다. 연예계가 어떤 곳인지 하나도 모르는 상태였고, 다른 사람들보다 너무 늦은 나이에 시작했고, 학교도 옮겨야 했고. 정말 부모님이 보시기엔 내 미래가 하나도 보이지 않으셨을 거다. 그저 지금처럼 운동 열심히 해서 대학을 가고, 평범한 삶을 살았으면 하는 게 부모님의 소망이셨다. 그렇게 설득하는 부모님의 마음을 이해하면서도, 난 너무 화가 나서 그만 '나한테 해준 게 뭐가 있냐!'고 소리를 질러버렸다. 아빠가 그렇게 화내시는 것도 처음 봤고, 그렇게 부모님과 싸워 본 게 태어나서 처음이자 마지막이었던 것 같다.

아직도 부모님께 마음 아픈 말을 한 게 너무나도 후회되고 잊혀지지가 않는다. 그래서 요즘은 장난처럼 부모님께 먼저 말한다.
"기뵈, 그때 엄마, 아빠가 날 잡았으면 지금의 나도 없었을 거 아냐."
지금도 부모님께 죄송스러울 때가 있다. 스물 셋, 내 또래의 친구들은 학교에 다니고, 공부하지만 나는 아직은 어린 나이에 사회생활을 시작한 셈이니 부모님의 걱정이 떠나지 않으실 거란 걸 잘 안다. 가끔은 내가 밖에서 있었던 일을 잘 말하지 않으니 부모님이 답답해하신다. 좋은 일이건 나쁜 일이건 딸의 일을 듣고 싶어 하는 부모님껜 여전히 죄송하기만 하다.

에스프레소 젤리

재료

에스프레소 1/2잔, 물 1컵반, 가루한천 2g, 설탕 3큰술,
판젤라틴 1장, 연유 혹은 생크림 약간씩

만들기

1. 볼에 젤라틴과 물을 넣어 젤라틴을 불린다.
2. 냄비에 물과 가루 한천을 넣고 끓여 한천이 녹으면 약불로 줄이고
설탕을 넣어 녹인 뒤, 에스프레소와 불려둔 젤라틴을 넣고 고루 섞어
녹인다.
3. 냄비 밑에 찬물을 대고 2를 식혀 걸쭉한 상태가 되면 준비한 컵에
담아 냉장고에서 굳힌 뒤, 생크림이나 연유를 곁들여 먹는다.

두근두근 홀로서기

난 지금 홀로서기를 준비하고 있다. 우리 멤버들과 함께가 아니라 나 혼자 연기자의 길로 향하고 있다. 멤버들과 힘을 합쳐서 할 수 있었던 때와는 달리 지금은 혼자서 해야 하기 때문에 두렵고 걱정도 앞선다. 그래도 난 꿋꿋이, 열심히 힐 거다. 연기는 내가 하고 싶었던, 내 꿈 중 하나니까.

가수는 카메라를 봐야 하는데 연기자는 보면 안 되는 거고, 무대에서 눈을 깜박이는 건 괜찮지만 드라마에서는 눈을 깜박이면 감정선이 깨진다고 하고……. 너무 다른 환경이라 아직은 적응하느라 바쁘다. 〈미남이시네요〉에서 조연으로 연기를 해보기도 했지만 그땐 너무 아무것도 모르고 시작했던 거 같다. 나와 다른 사람이 되어야 한다는 건 정말 어려운 일이었다. 말투도, 옷차림도, 걸음걸이도 하나하나 다 신경 써야 한다는 부담감이 너무 컸었다. 이번 드라마는 〈미남이시네요〉 때보다 훨씬 부담이 크다. 내가 주인공이고 극을 이끌어야 한다니……. 할 수 있을까, 실패하면 어떡하지 하는 생각을 하루에도 몇 번씩 한다. 게다가 내가 너무나도 하고 싶었던 밝고 솔직하고 털털한 성격의 활발한 캐릭터니 꼭 잘해야 하는데…….하면서 말이다.

　하지만 하루하루 준비하며 조금씩 자신감이 붙어 간다. 드라마를 위해 시작한 골프도 조금씩 늘어가고 있다. 겨우 70m 나가던 비거리도 이제는 150m를 거뜬히 넘는다. 아이언, 우드 같은 골프 용어도 많이 익숙해지고, 이젠 18홀까지 갈 수 있는 체력도 생겼다. 대본을 받으면 한 글자도 안 틀리려고 고민하던 부담감도 훨씬 가벼워졌다. 너무 멀기만 하던 연기가 점차 내게로 다가오는 것만 같다. 그리고 조금씩 자신감이 생기는 그런 내가 또 너무 좋다.

　이젠 '잘 안되면 어쩌지'하는 괜한 걱정은 털어버렸다. 감독님 말씀대로 나 하고픈 대로, 내가 하고 싶은 걸 열심히 다 해보고 싶다. 골프도 배웠고, 자신감도 얻었으니까 난 잃을 것보다 이미 얻은 게 더 많은 셈인걸. 그리고 슬며시, 또 다른 욕심이 생겨난다. 영화도 연극도, 뮤지컬도 해 보고 싶다. 연기를 하면서 내 세상이 참 많이 넓어지고 있는 것 같다. 그래도 난 아직 뭐든 시작해 보고 실패해도 많이 배우고 다시 시작할 수 있는 나이인걸. 난 아직 하고 싶은 게 너무 많은, 세상을 다 가지고 싶은 청춘이다!

훈제연어 크림치즈 베이글

재료

베이글 2개, 훈제연어 6장, 보라양파 1/4개, 크림치즈 3큰 술, 케이퍼,
레몬즙 약간씩

만들기

1. 베이글은 반 갈라 노릇하게 굽고, 보라양파는 채 썬다.
2. 베이글 위에 크림치즈를 펴 바르고 훈제연어를 올린 뒤, 보라양파와
   케이퍼를 올리고 레몬즙을 뿌린다.

after
school

brunch
in

essay

Raina

프로는
얄팍하지 않다

가수로 데뷔하기 전 누구나 거쳐야 하는 연습생 시절. 대부분의 가수 지망생들에게 이 시기는 설움과 좌절의 연속이다. 나 역시 외줄을 타는 듯 아슬아슬한 심정이었을 때가 있었다. 한 번은 멤버 언니들과 막 친해지기 시작해 밥 먹고 수다를 떨다가 보니 보컬 레슨에 20분 정도 늦어 버렸다. 이 사실을 안 캐스팅 실장님은 엄청나게 화를 내셨다. '어떻게 밥 먹고 놀다가 레슨에 늦을 수 있니?' 휴대폰을 통해 차가운 한 마디가 떨어졌고, 너무나 당황한 마음에 장문의 반성 메시지를 보냈지만 그날 이후 난 실장님에게 투명인간이었다. 이어지는 무시와 핀잔들. 급기야 레이나는 연습실에 오지 말라고 했다는 이야기까지 전해 듣자 앞날이 막막해졌다. 이번이 마지막 기회라고 생각하고 있었는데 단 한 번의 실수가 나를 벼랑 끝으로 몰아가고 있었으니까. 그러나 내가 할 수 있는 일은 그저, 계속 연습실에 나가 죽도록 연습하는 것뿐⋯⋯. 답답하고 서러웠지만 누굴 원망할 수도 없었다.

　　그렇게 고통스런 한 달의 시간을 보내고 멤버 프로필 사진을 찍기 바로 전날 밤(이 사진을 찍지 못하면 정말 탈락이었다), 실장님은 극적으로 나를 호출하셨다. "3집 낸 가수처럼 행동해서 실망했지만 마지막 기회를 줄게. 정말 마지막이야." 그 순간, 마치 캄캄한 하늘에서 나를 향해 한줄기 구원의 빛이 내려오는 느낌이었다. 아, 살았구나! 한편, 그제야 난 실장님의 깊은 뜻을 헤아릴 수 있었다. 기대가 큰 만큼 실망이 크다고 했던가. 나를 유독 예뻐하셨던 실장님이었기에 데뷔도 하기 전 해이해진 내 모습에 충격을 받으셨던 거였다. 그날 이후, 예전의 믿음을 되돌리기 위해 난 쉬지 않고 하루 종일 라이브 연습을 했고, 혹시나 레슨에 늦을 경우엔 분 단위로 연락을 했다. 하지만 한번 돌아선 실장님의 마음은 쉽게 열리지 않는 듯 했다.

　　그러던 어느 날, 실장님이 툭 하니 던져 주신 CD 한 장은 감동 그 자체였다. 그 안에는 내가 일주일 단위로 연습했던 안무 동작들과 노래들이 빼곡히 담겨 있었다. 신뢰를 얻고 실력을 쌓기 위해 땀 흘리는 내 모습이 고스란히 비춰졌고, 화면 안의 나는 조금씩 성장하고 있었다. 이어지는 실장님의 멘트. "혜린아, 네가 꾸는 꿈은 나도 같이 꾸고 있어, 그리고 그 꿈은 회사 식구들의 꿈이기도 해, 사랑해." 이 말을 듣고는 얼마나 울었는지 모른다.

　　원하던 무대에 서서 팬의 환호를 받고 있는 행복한 요즘, 나는 여전히 긴장의 끈을 바짝 조이고 있다. 혹시 나도 모르게 예전과 같은 실수를 하면 어쩌나 하는 두려움 때문에. 나를 지지하고 믿는 사람들에게 실망을 안겨주는, 그런 얄팍한 사람은 다시 되고 싶지 않으니까. 주변의 훌륭한 멘토들이 있어서 나는 하루하루 더 멋진, 아름다운 프로로 변신하고 있는 중이다.

와사비 새우 샌드위치

재료
칵테일새우 20마리, 와사비소스(마요네즈 2큰 술, 연와사비 2작은 술, 후추 약간), 아보카도 1개, 토마토 1/2개, 호밀빵 2개, 마요네즈 1큰 술, 샐러드채소 4장, 새싹채소 약간

만들기
1. 칵테일새우는 끓는 물에 데친 뒤, 식으면 와사비소스에 버무리고, 아보카도와 토마토는 얇게 썬다.
2. 호밀빵은 반 갈라 노릇하게 구워, 마요네즈를 바르고 샐러드채소를 얹는다. 위에 아보카도와 토마토, 와사비소스에 버무린 새우와 새싹채소를 얹어낸다.

가끔은
오해린으로 살기

레이나. 무대 위에서 팬들이 날 부르는 이름이다. Raina는 '평화로운'이라는 뜻을 가진 말로, 듣는 사람이 편안함을 느끼고 행복해질 수 있는 따뜻한 노래를 부르는 보컬이 되고픈 나의 희망이 섞인 말이다. 무대 위에서 레이나를 외치는 팬들의 환호성을 듣노라면, 봄비를 맞는 듯한 청량한 기분에 휩싸이곤 하는데 그 순간 '드디어 내가 원하는 곳에 왔구나' 하는 강렬한 느낌에 젖는다. 이건 가수가 됐다, 라는 말로 규정짓기에는 너무 큰 감동이라서 뭐라고 설명해야 할지 잘 모르겠다.

하지만 동시에, 모든 건 보기와는 다르다는 걸 깨닫고 있는 중이다. 우린 데뷔하자마자 빠른 성공을 맛본 럭키한 케이스다. '너 때문에'란 곡이 큰 사랑을 받으면서 한 달 만에 가요 순위 프로그램 1위에 올랐으니까. 그 이후부턴 마치 24시간 작동하는 롤러코스터에 올라가 있는 느낌이다. 가끔 너무 바빠서 멍해질 때는 이상한 나라의 앨리스가 된 것 같기도 했다. 시계를 보며 '바쁘다 바빠'를 외치는 하얀 토끼들이 주위에 가득해 모든 걸 재촉 당하는 기분이랄까. 방송, 연예인, 스타 등 내가 그토록 열망했던 일들이 사실은 보기보다 엄청난 노력과 희생을 요구한다는 것을 이제는 너무나 잘 안다. 가희 언니가 생방송 중에 졸았다 해서 '숙면 가희'라는 별명이 붙었던 해프닝은 마냥 화려하고 즐겁게만 보이는 이 일이 사실 얼마나 큰 노력을 필요로 하는가를 보여줬다고 생각한다.

그래서 요즘 나는 무대에서 내려오면 레이나로 살기보다, 오혜린 나 자신을 다시 꺼내 놓는다. 누구에게나 숨 쉴 공간이 필요하기 때문이다. 그렇지 않으면 뭔가 큰 파도에 휩쓸릴 것 같은 느낌이랄까. 동시에 또 다른 나 오혜린은 레이나의 훌륭한 조력자이기도 하다. 한 걸음 떨어져서 무대 위의 나를 바라볼 수 있으니까. 완벽하진 않지만 그런 거리 두기를 통해 팬들의 충고나 시선을 진심으로 받아들이기도 한다.

단순히 연예인이라는 타이틀에 함몰되지 않고, 무대 위에서 마냥 도취되지 않고 나 자신의 가치를 증명해 보이는 것. 내가 앞으로 풀어나가야 할 또 하나의 숙제인 것 같다. 그 숙제를 훌륭히 마치고 나면, 그땐 오혜린이나 레이나의 구분 없이 잘 살아갈 수 있겠지?

와인시럽 방울토마토와 시나몬러스크

재료

방울토마토 20개, 와인시럽(화이트와인 1/2컵, 물 1/4컵, 설탕 2/3컵, 계피 약간), 식빵 2개, 버터 1큰 술, 계피가루 1/4작은 술, 설탕 약간

만들기

1. 방울토마토에 십자로 칼집을 넣은 뒤, 뜨거운 물에 살짝 데치고 찬물에 헹궈 껍질을 벗긴다.

2. 냄비에 와인시럽 재료를 넣고 끓여 시럽이 3/4으로 졸아들면 불을 끄고 식힌 다음, 방울토마토를 넣어 냉장고에 차갑게 식힌다.

3. 반으로 썬 식빵에 버터, 계피가루 섞은 것을 바르고 설탕을 뿌려 180도의 오븐에서 3분간 노릇하게 구운 뒤, 2의 와인시럽 방울토마토와 함께 곁들여 낸다.

비교하면
지는 거다

질투_Envy

난 내 것이 아닌 것에는 욕심이 없는 아이다. 필요가 없거나 가지지 못하는 대상에 대해서는 신기하리만큼 애착이 없었다. 예를 들면 이런 것이다. 피아니스트 유키 구라모토Yuhki Kuramoto의 레이크 루이즈Lake Louise를 듣고 있으면 건반을 따라 현을 때리는 해머가 사람의 성대 같다는 느낌을 받는다. 귓가에 누군가 속삭이는 듯한 음의 파장들. 마치 피아노를 자신의 몸처럼 다룬다는 느낌. 이런 뮤지션들을 보면 정말 존경스럽기는 하지만 솔직히 질투가 나지는 않는다. 집착이 전혀 생기지 않는다.

하지만 가수가 되겠다고 마음먹은 순간, 마음의 평정은 깨져버렸다.

완벽히 가지고 싶은 게 생겨 버렸으니까. 노래에서만큼은 누구에게도 지고 싶지 않은 마음. 그런 게 무럭무럭 자라났고 나는 미친 듯이 연습, 또 연습을 이어갔다. 그러던 어느 날 데스티니스 차일드의 '스탠드 업 포 러브 Stand Up For Love'를 부르는 내 모습이 짧은 UCC 동영상으로 인터넷에 공개된 적이 있다. 수많은 사람들이 그 영상을 봤고 댓글을 통해 각자의 느낌을 들려주었다. 내 노래를 지적하는 댓글도 많았지만 다행히 노래를 꽤 한다는 혹은 듣기 좋다는 평이 상대적으로 많았는데, 정말이지 머리끝이 쭈뼛 서는 느낌이 들만큼 짜릿했다. 대중들이 내려준 좋은 평가가 얼마다 큰 힘이 되는지, 내가 이 일을 하는데 얼마나 커다란 동력이 되는지! 그날 이후 난 더 연습에 몰입하게 됐다.

대부분 긍정의 힘으로 작용하는 이 지고 싶지 않은 마음은 때론 부작용을 일으키기도 한다. 질투심이 바로 그것. 한번은 나나, 리지와 함께 레슨 연습을 한 적이 있다. 나는 이 아이들보다 훨씬 먼저 노래 연습을 시작했기 때문에 약간의 우월감이 없지 않았다. 그런데 웬걸. 뭐든지 빨아들이는 스펀지처럼 쏙쏙 실력이 향상되고 있던 나나와 리지는 엄청난 칭찬을 들은 반면, 나는 좀처럼 실력이 향상되지 않는다는 혹독한 지적을 받았다. 그땐 정말이지 배가 침몰하듯 완전히 가라앉는 느낌이었다. 묘한 질투심이 일어서 더욱 괴로웠다. 하지만 나는 정신 차리기 위해 노력했다. 언제까지 질투심이란 악한 기운에 나를 붙들릴 수는 없다고 생각했으니까. 친구들과의 경쟁이 아니라 나와의 경쟁이 우선이다. 비교하면 지는 거다!

그 일 이후 나는 나만의 경쟁 상대이자 롤 모델을 정했다. 바로 비욘세. 그녀는 나의 디바다. 그녀의 콘서트에 다녀온 후 오랜 시간 무대를 완벽하게 장악하며 몸이 부서져라 춤추고 라이브를 완벽하게 소화하는 모습은 한동안 꿈에 나올 정도로 깊은 충격이었다. 그런데 언감생심, 만약 비욘세가 질투의 대상이었다면? 그녀를 따라잡기 위한 내 삶은 정말 끔찍하게 피곤해 질 테지. 질투심을 이기는 방법은 나보다 나은 상대의 훌륭한 점을 흡수하려는 적극적인 자세에 있다는 걸 이제 안다. 그녀의 노래를 부르며 연습하는 요즘, 나는 마냥 즐겁다.

머스타드 치킨 버거

재료

닭 가슴살 2장, 샐러드야채 적당량, 씨겨자 1/2큰 술, 마요네즈 1/2큰 술,
발사믹 식초 1/2컵, 모닝빵 4개, 마요네즈 2큰 술, 소금, 후추, 화이트와인 약간씩

만들기

1. 닭 가슴살은 반으로 포를 뜬 뒤, 1/2등분하여 소금, 후추,
화이트와인, 씨겨자, 마요네즈를 넣고 양념해 20분간 재운다.

2. 냄비에 분량의 발사믹 식초를 넣고 양이 1/2로 줄때까지 조려 발사믹소스를
만든다. 모닝빵은 반으로 갈라 구운 뒤, 안쪽 면에 마요네즈를 펴 바른다.

3. 1의 닭 가슴살을 노릇하게 구워 빵 위에 샐러드야채와 함께 얹은 뒤,
2의 발사믹 소스를 뿌려낸다.

우리 같이 걸어볼까요

즐거움 _ Joy

꽃피는 봄이 오면 늘 머릿속을 맴도는 한 가지! 바로 산책이다. 햇살 넉넉하고 봄바람이 좀 살랑거린다 싶으면 나의 마음은 동동동 뛰면서 분주해진다. 아, 어서 걷고 싶다. 이렇게 좋은 날, 걷지 않으면 인생을 낭비하는 느낌이라구.

데뷔하기 전, 나의 소소한 취미는 명백히 걷기였다. 친한 언니와 함께 강남 일대를 무려 5시간 동안이나 걸은 적도 있다. 발길 닿는 대로 걸으면서 정말 수많은 이야기를 나누었다. 미래, 사랑, 꿈, 오디션 등 그땐 어쩜 그리도 많은 말들이 끊임없이 화수분처럼 솟구쳤는지. 길을 걸으며 나누는 이야기에는 묘한 매력이 있는 것 같다. 같은 주제라도 새롭게 들리고 새로운 시각으로 바라보게 되며 아이디어도 더 잘 떠오른다. 무거운 주제나 꺼내기 힘든 이야기도 자연스럽게 말할 수 있고. 걸으면 뇌가 자극된다는 데 그 덕분인 걸까?

동행 없이 혼자 걷는 길도 참 좋아한다. 혼자만의 비밀스런 휴식을 취하는 느낌이랄까. 연습생 때는 걸으면서 일기를 쓰듯 많은 생각들을 정리하곤 했다. 매일 밤, 연습이 끝난 뒤 집까지 무려 2시간씩 걸으면서도 전혀 힘이 들지 않을 정도였다. 한강~압구정~왕십리로 이어지는 그 길은 나에게 '사색의 길'이었으니까. 오늘 부족한 부분은 뭐였는데 그건 이렇게 해보면 잘 할 수 있지 않을까 구상하기도 했고, 사람들이 해준 충고의 의미를 되새겨보기도 했고, 이번 일요일에 친구들을 만나면 뭘 할 지 스케줄 정리(?)를 하기도 했고 등등. 신기한 것은 그렇게 걷다 보면 자잘한 고민과 걱정거리들이 하나씩 정리되면서 결국 머릿속이 말끔해지는 경지(?)에 이른다는 것이다. 게다가 새벽의 길은 고요해서 걷기에 몰입하기가 더 좋다. 심지어 내 숨소리만이 세상의 모든 소리인 양 들릴 때가 있었는데, 그건 마치 내 몸과 대화하는 듯한 놀라운 체험이었다.

요즘엔 가끔 그 시절이 그립다. '걷기의 일탈'을 감행하고 싶은 충동이 샴페인 기포처럼 보글거린다고나 할까? 더불어 이 걷기 충동과 이종 세트인, 걷고 싶은 산책 길 리스트도 늘고 있다. 봄날의 남산 공원길 혹은 한산한 날의

삼청동 길도 가보고 싶고, 비 오는 날 보성 녹차밭 사이를 걸어보고도 싶다. 멀리는 제주도 올레길, 더 멀리는 스페인의 산티아고 가는 길에도 꼭 한번 도전해 보고 싶다. 요즘 난 시간이 날 때마다 새로운 루트를 짠다. 가고 싶은 길을 떠올리며 언젠가 그곳에 가 있을 나를 상상하면 힘이 나니까. 언젠가 그 길 위에 가 있을 나를 위해, 더 열심히 살아야겠다!

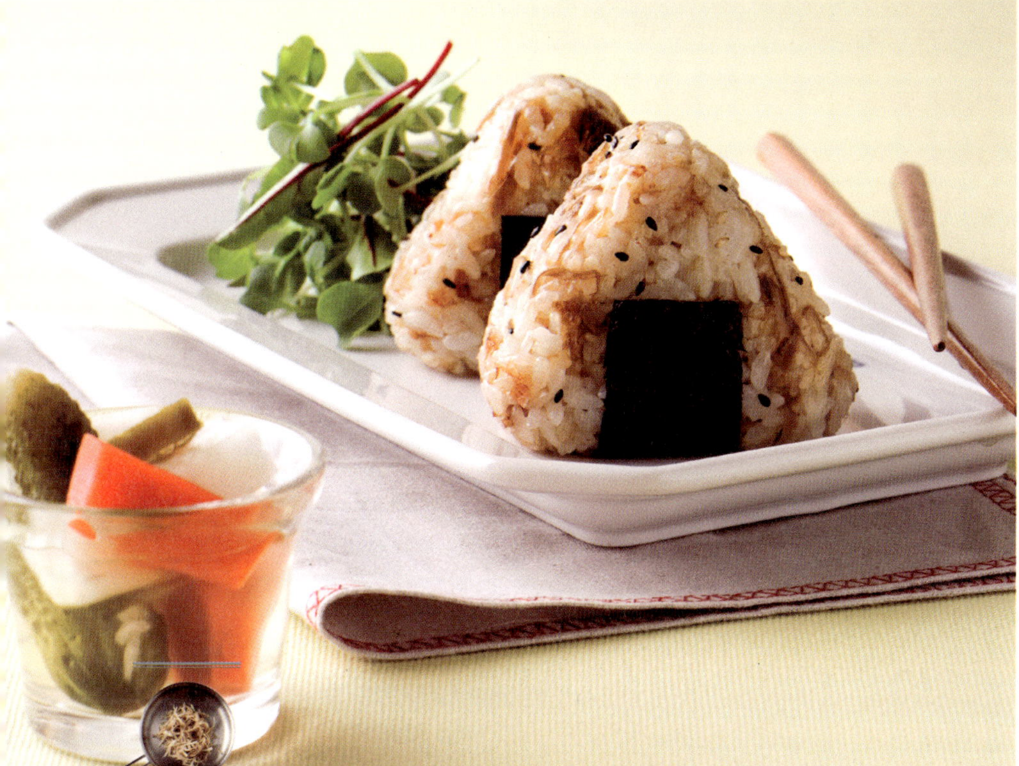

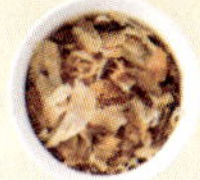

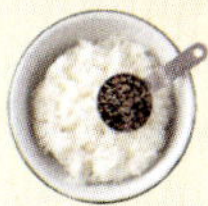

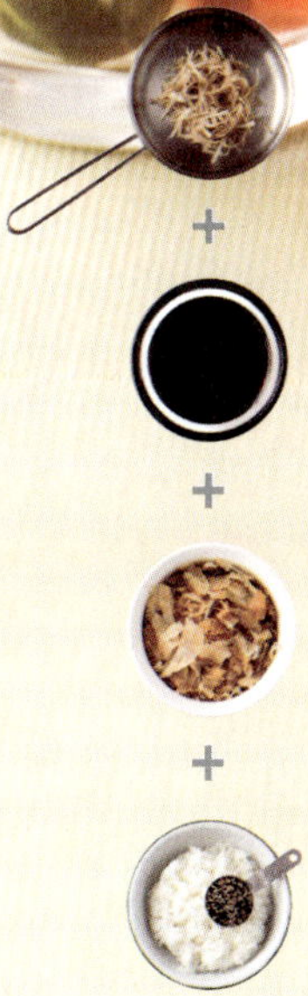

| 즐거운 그 순간을 흠뻑 맛보는 Brunch |

가쯔오부시 우엉 주먹밥

재료

우엉 1/3대, 가쯔오부시 한줌, 참깨, 검은깨 1큰 술씩, 밥 2공기, 소금, 참기름 1작은 술, 구운 김 적당량, 양념장(간장 1큰 술 반, 설탕, 물엿 1/2큰 술씩)

만들기

1. 우엉은 잘게 썬 다음, 달군 팬에 참기름을 넣고 같이 볶다 양념장을 넣어 졸이듯이 볶는다. 여기에 가쯔오부시와 참깨, 검은깨를 뿌려 고루 섞은 뒤, 불을 끄고 식힌다.
2. 볼에 따뜻한 밥과 소금, 1을 넣고 고루 섞은 뒤, 삼각형 모양으로 빚어 구운 김을 붙인다.

현재 스코어 20대80

꿈_Dream

꿈 하면 가장 먼저 떠오르는 이미지는 파란 하늘에 떠다니는 뭉게구름! 나에게 꿈이란 딱 그 구름 같은 거다. 시시각각 변하는 구름처럼 내 꿈도 조금씩 변해왔다. 연습생 때는 데뷔하고 무대에 서는 게 첫 번째 꿈이었다. 열여덟 살 겨울, 난 꿈을 이루기 위해 울산의 따뜻한 보금자리를 떠나 과감히 서울행을 택했다. 누구나 그렇겠지만 두렵고도 떨리는 '나 홀로' 독립이었다. 이후 3년의 시간이 지났고 많은 우여곡절 끝에 드디어 첫 번째 문 앞에 당도했다.

그런데 한동안은 좀 어리둥절한 기분이었다. 문 앞에만 서면 뭔가가 명확해질 줄 알았는데, 의외로 전혀 그렇지 않았으니 말이다. 마치 이제부터 시작이라는 듯, 내가 가야 할 길들이 가득 펼쳐져 있으니 더 많은 열정을 쏟아 부으라는 미션이 적힌 쪽지 한 장을 펼쳐본 기분이다. 데뷔도 했고 1등도 해 봤고 앨범도 잘 나가니까 꿈을 이룬 거 같냐고 주변에서 물을 때 그래서 난 선뜻 대답을 못한다. 글쎄, 현재 스코어 20 대 80? 20은 이룬 거고 80은 남은 거다. 신입생 리지도 들어왔고 우리 팀은 그 어느 때보다 분주하고 활기차다. 연기하는 멤버도 있고 예능으로 주목 받는 멤버도 있다. 나로 말할 것 같으면, 앞에 놓인 미지의 길에 뮤지션이라는 글자를 뚜렷이 새기고 싶다. 물론 예능도 잘 하고 싶고 라디오도 단독으로 진행해보고 싶다. 그런 희망사항들은 정말이지 많다. 하지만 내가 확신을 가지고 달려온 이 길. 이 길에서 뭔가 똑 소리 나는 성과를 먼저 이루고 싶은 것이다. 그것만 이루면 나머지는 도깨비 방망이라도 휘두른 듯 다 절로 이루어지지 않을까?

아, 그러고 보니 또 하나 정말 바라는 게 있다. 이건 좀 더 나이가 들고 경험이 많이 쌓이면 꼭 해보고 싶은 것! 바로 스타를 꿈꾸는 가수 지망생들을 발굴하고 키우는 일이다(혹 3년 간 많은 오디션에서 낙방의 고배를 마셔본 내 경험이 큰 도움이 되지 않을라나? 하하). 내가 원하는 아이들은, 다이아몬드 원석처럼 모두가 알아볼 수 있는 친구들이 아닌, 처음엔 빛나지 않지만 갈고 닦으면 나중엔 다이아몬드보다 더 비싸고 값지게 될 친구들이다. 단지 재능을 빛내줄 연장을 제대로 만나지 못했기 때문에 돌무더기 사이로 꺼져버리는 그들. 그런 친구들이 제대로 꽃을 피워보지도 못하고 낙담하고 돌아서는 걸 볼 때, 지금의 난 가슴이 너무 아프다. 나도 애프터스쿨에 들어오지 않았다면 낙담한 채 꿈을 접고 살아갔을 지도 모를 일이니까. 그래서 미션이 아무리 힘들어도, 나머지 80의 길을 향해 힘내서 끝까지 달려가 보련다. 내가 제대로 서야 남들도 똑바로 도와줄 수 있으니까.

　　뭉게구름 같은 이 꿈들아, 레이나가 꼭 잡고야 말겠어. 기다리라구!

망고 파인애플 라씨

재료

망고 1개, 슬라이스 파인애플 2쪽, 플레인 요거트 2통, 얼음적당량

만들기

1. 망고와 파인애플은 작게 썬 뒤, 모든 재료와 함께 믹서기에 넣고 곱게 간다.

비밀이야,
너에게만 고백할게

사랑_love

　　여자건 남자건 나는 사람을 좀 더디게 사귄다. 발동이 늦게 걸린다고 나 할까? 주변에선 의외로 털털하다는 평이지만, 알고 보면 조심성이 많아서 사람을 넓게 사귀지 못하는 스타일이다. 그러다 보니 연애다운 연애는 단 한 번도 못해봤다(흑흑, 억울하다!).

　　하지만 그런 나에게도 정말 영화 같은 첫사랑의 경험이 있다. 고등학교에 막 입학했을 때였는데 우린 항상 전화로만 서로의 안부를 묻는 특이한 커플이었다. 영화 〈접속〉의 주인공들이 메신저로 서로의 이야기를 조곤조곤 나누었던 것처럼, 우리에겐 전화가 그 역할을 대신했다. 친구들은 지금도 이 이야기에 발끈하며 도대체 그게 무슨 연애냐고 타박이지만, 글쎄 그 시절의 그는 분명 나에겐 누구와도 바꿀 수 없는 속 깊은 이성 친구였다. 우리의 연애는 그렇게 무려 3년 동안 지속됐다. 왜 그를 한 번도 만날 생각을 하지 않았는지는 지금도 잘 모르겠다. 너무 어린 나이였기 때문에 이런 게 바로 사랑의 감정이란 걸 몰랐던 것 같기도 하고 한편으론 그를 실제로 만나 버리면 그 아련한 느낌이 확 깨질까 봐 두려웠던 것 같기도 하다. 아무튼 그는 내가 데뷔하기 직전까지 멀리서도 잊지 않고 안부를 물어주는 좋은 친구였다. 밋밋하기 그지없지만 내가 살면서 가장 좋아했던 이성을 꼽으라면 주저 않고 그를 말할 것 같다.

이후 뮤지션으로 성공하겠다는 목표를 세우고 나자 한동안 내 사전에 연애란 없었다. 성공을 위해 독하게 맘 먹었다기 보다는, 내 몸 하나 보살피기 힘든 빠듯한 스케줄 속에서 갑자기 사랑이 찾아온다면 그 감정의 격랑 속에 허우적댈 게 분명하기 때문이다. 그런데 이 확고한 내 고집이 최근 서서히 무너져가고 있나. 주변의 친구 기플들 때문이다. 이들을 통해 난 진정한 사랑의 국면을 마주한 느낌이다. 사랑의 에너지란 게 서로의 일에 폐가 되는 게 아니라 실은 커다란 시너지가 된다는 놀라운 사실을 깨닫게 됐기 때문이다. 적어도 내가 보기에 그들은 바람처럼 지나가는 치기 어린 연애가 아닌, 성숙한 어른들의 진짜 사랑 같은 것을 하는 걸로 비친다. 아, 이런 거라면 나도 얼른 해보고 싶다구!

문제는 아직은 주변에 사귀고 싶은 남자가 없다는 것. 그래서 요즘 내가 뒤늦게 버닝하는 프로그램은 〈우리 결혼했어요〉다. 엉큼하게도TV를 보면서 혼자서 이런 상상의 나래를 펼쳐보는 재미에 빠져있다. '만약 내가 출연한다면, 누구와?' 이상 사랑의 짝대기를 홀로 그렸다 지웠다 하면서 '김칫국 놀이'에 열중하는 레이나였습니다. 훌쩍.

미트소스 엔칠라다

재료

양파 1/4개, 당근 1/6개, 다진 마늘 1작은 술, 다진 쇠고기 100g, 토마토소스 1/2컵, 또띠아 4장,
모짜렐라 치즈 적당량, 소금, 후추, 오레가노, 포도씨유 약간씩

만들기

1. 양파와 당근은 잘게 다진 뒤, 달군 팬에 포도씨유를 두르고 다진 마늘, 쇠고기와 함께 넣고
볶는다.

2. 1에 토마토소스를 넣고 소금, 후추, 오레가노로 간 하여 수분이 거의 날아갈 때까지 볶는다.

3. 또띠아에 2와 모짜렐라 치즈를 얹고 돌돌 만 다음, 오븐용기에 담고, 위에 남은 모짜렐라
치즈를 뿌려 200도로 예열된 오븐에서 5분간 노릇하게 굽는다.

KEEP GOING

책 _ b o o k

가수의 꿈을 꾸기 전까지 나는 스스로 끝내주는 행운아까진 아니어도 운이 꽤 따라주는 아이라고 생각했다. 내 또래 친구들이 대부분 그렇듯 죽을 만큼 힘든 적도 없었다. 가수가 되길 꿈꾸기 전까진 실패를 몰랐고 겪을 일도 없었으니까. 하지만 무대에 오르고 가수가 되길 꿈꾸는 일은 이전의 평탄했던 삶을 송두리 채 바꿔 놓았다.

내가 이렇게 운이 없었나, 3년이란 시간 동안 수없이 떨어진 오디션. 불합격 통지에 난 매번 펑펑 울었다. 나중엔 눈물도 나오지 않고 머릿속이 멍해질 정도였다. 과연 이 길이 맞는 걸까? 재능이 있는 걸까? 오디션장에서 걸어 나올 때마다 수십 번 머릿속을 헤집어 놓던 상념. 그러던 어느 날 내 앞에

툭하니 한 권의 책이 떨어졌다. 친구가 자긴 이미 가지고 있는데 선물로 받았다며 '나도 읽고 있는 중이야' 하고는 건네준 책.

바로 〈그래도 계속 가라〉. 이 책은 인생의 의미를 인디언 할아버지와 손자의 대화로 풀어본 책이다. 인디언인 할아버지가 아버지를 잃고 '삶이 왜 이렇게 힘든 거냐'고 묻는 손자에게 이렇게 말한다. "삶은 원래 힘든 거야." 그리고 덧붙이길. "삶이란 살아내도록 되어 있는 거지, 피하도록 되어 있는 게 아니란다."

누구나 인생은 희망으로 차 있어야 좋은 것이라 생각한다. 가수를 준비하기 전엔 나도 그랬다. 부모님의 기대, 성공에 대한 부푼 꿈들로 가득했지만, 정작 인생이란, 책 속 인디언 할아버지 말대로 때론 음지로, 때론 양지로 걸어야 하는 여행이다. 나에게 오디션에 계속 떨어진 3년의 시간은 말 그대로 음지로의 여행이었다. 하지만 변치 않고 흔들림 없이 계속 가던 길을 가보니 그토록 바랬던 무대가 나에게 신기루처럼 다가왔다. 양지가 펼쳐진 것이다.

그러니 현재에 너무 낙관적일 필요도, 너무 비관적일 필요도 없다. 좋아한다면 그 마음을 잃지 말고 한 걸음씩 내딛는 게 중요함을 나는 뒤늦게 깨달았다. 애프터스쿨로 데뷔하고 3집 싱글 앨범까지 낸 지금, 사실 앞으로 어떤 일이 다가올 지 아무도 모른다. 이 책의 내용 중 와 닿는 문장이 있다. '강하다는 것은 네가 아무리 지쳐 있더라도 산꼭대기를 향해 한 걸음 더 내딛는 것이란다.' 중요한 것은 힘들 때 내딛는 한 걸음이 바로 진정한 나를 만들어 나간다는 것과 슬플 땐 눈물이 흐르도록 놔두라는 것이다. 힘든 건 힘든 거니까 억지로 잊으려 해도 힘들고 맞서려 해도 힘들다. 놔두면 언제가 그치겠지. 다행히도 지금은 혼자가 아니다. 내 눈물을 닦아줄 우리 애프터스쿨 멤버들이 있으니, 눈물 따윈 걱정 안 해도 될 것이다.

버섯 키슈

재료(작은 타르트틀 4개 분량)

양송이 3송이, 애느타리버섯 1/2송이, 양파 1/8개, 시금치 10장, 다진 마늘 1/2작은 술, 파마산 치즈가루
1큰 술, 포도씨유 1작은 술, 소금, 후추 약간씩, 달걀필링(생크림 1/4컵, 달걀 1개, 소금, 후추 약간씩),
파이생지(밀가루 60g, 달걀물 1/3개 분량, 찬물 1작은 술, 버터 25g, 소금 약간)

만들기

1. 분량의 파이생지를 믹서에 넣고 돌려 반죽을 만든 뒤, 밀대로 얇게 밀어
타르트틀 크기에 맞춰 잘라 넣고, 포크로 바닥에 구멍을 낸 다음, 냉장고에 넣어둔다.

2. 버섯재료와 양파, 시금치는 큼직하게 썬 다음, 달군 팬에 포도씨유를 넣고 다진 마늘과 함께 볶는다.
중간에 소금, 후추로 간을 한 뒤 식으면 1속에 넣고, 달걀필링을 부어 3/4정도 채운다.

3. 1속에 2를 채운 뒤, 파마산 치즈가루를 뿌려, 180도로 예열된 오븐에서 20～30분간 노릇하게 굽는다.

after
school

brunch
in

essay

Nana

내 친구, 내 동생
해피야, 사랑해

나에겐 10년 지기 친구, 아니 나의 동생 해피가 있다. 열 살이 되던 내 생일날 우리 집에 온 해피. 그리고 10년 동안 한결같이 내 곁에 있어준 해피는 내겐 무엇과도 바꿀 수 없는 소중한 존재다.

맞벌이를 하시던 우리 부모님은 동물을 좋아하는 내게 친구삼아, 동생삼아 강아지를 선물해 주셨다. 하지만 하얗고 귀여운 마르티즈 강아지는 나와 오래 함께하지 못했다. 너무 어려서인지 많이 아파하다가 일찍 세상을 떠났고, 하루 종일 눈물만 흘리는 나를 위해 부모님은 그 아이와 똑같이 생긴 강아지를 구해 달라고 샵에 부탁하셨다. 그런데 정작 샵으로 찾아간 날, 우리 엄마는 샵에서 준비해 둔 강아지보다 함께 있던 다른 강아지가 너무 맘에 드섰단다. 같은 마르티즈였지만 조금 더 크고 활발했던 강아지, 그게 바로 우리 해피였다. 해피는 우리 아빠 엄마보다 나와 함께 있던 시간이 더 많았던 것 같다. 학교에서 돌아오면 언제나 해피가 반갑게 맞아줬고, 오후 내내 집에 있는 모든 시간은 해피와 함께했다. 해피가 없었으면 난 좀 비뚤어졌을지도 모르겠다.

이제 해피는 강아지라기보다는 내 동생 같다. 곁에 있어주는 것만으로도 든든하니까 말이다. 나도 해피도 아직 어렸을 때, 둘만 있는 집에 도둑이 들었었다. 눈앞에서 도둑이 창문을 뜯고 들어오는데, 어린 마음에 너무 무서워서 해피를 꼭 껴안고 마구 울어댔다. 도둑은 여기저기 뒤지더니 금세 나가긴 했지만, 아무도 없는 집에서 나 혼자 도둑이랑 마주쳤으면…….으, 생각만 해도 끔찍하다!

지금 해피의 나이는 무려 열 살, 사람으로 치면 이젠 할아버지가 다 됐다. 다행히 아프지도 않고 건강한 편이지만, 나이 때문인지 활발하던 예전과는 다르게 항상 잠만 자고, 내 장난도 잘 받아주지 않는다. 가끔 아는 체도 안 할 때도 있다. 난 그 모습마저도 사랑스럽지만, 한편으론 조금 슬프다. 어떨 땐 우리 부모님보다 더 보고 싶은 해피, 나의 친구이자 나의 소중한 동생 같은 해피. 함께 있을 시간이 짧을 수밖에 없다는 건 너무나 잘 알지만, 그래도 조금은 욕심을 부려보고 싶다. 해피야, 평생 나랑 함께 있어 줘. 사랑해!

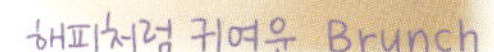

땅콩 초코칩 머핀

재료

땅콩버터 120g, 설탕 55g, 달걀 1개, 밀가루(박력분) 120g, 베이킹파우더 1작은 술, 우유 150g(3/4컵),
다진 땅콩, 초코칩 1/2컵씩

만들기

1. 땅콩버터를 휘핑기 혹은 거품기로 부드럽게 풀어준 뒤, 설탕, 달걀 순으로 넣어가며 휘핑한다.

2. 밀가루와 베이킹파우더는 체에 함께 내린 다음 1에 넣고 고루 섞은 뒤, 우유와 다진 땅콩, 초코칩을
넣고 섞는다.

3. 2를 머핀 틀에 3/4정도 채워 넣은 뒤, 180도로 예열된 오븐에서 35분간 굽는다.
꼬치로 찔러보아 묻어나오지 않으면 완성된 것이다.

이 순간의 추억을 영원히

추천 _ Recommendation

새로운 경험을 하고 그 추억을 많이많이 간직하고 싶은 나, 아직 어리지만 지금의 나날들이 얼마나 멋진 경험과 기억이 될지, 그리고 그 추억을 되돌아보며 얼마나 행복한 기분을 느낄지 지금도 알 수 있을 거 같다. 지금 이 순간, 내가 보내는 하루하루는 너무나 특별한 나날들이니까. 그래서 행복한 기억을 오래 간직할 수 있는 사진을 추천하고 싶다. 특히 폴라로이드를 강추!

요즘 난 폴라로이드 카메라를 항상 가방에 넣고 다니면서 소중한 나의 추억들을 찍는다. 이것저것 하도 찍다 보니 하루에 50장 찍는 건 금방이다. 이번에 일본 공연 갔을 때도 거의 백장은 넘게 찍은 것 같다. 너무 많이 찍다 보니까 필름 값이 만만치 않지만, 난 디카로 바꾸고 싶지는 않다. 찍자마자 바로 나오는 폴라로이드가 얼마나 매력적인데. 찍고 바로 나오는 필름에 날짜를 써서 모아두면 바로 나만의 앨범이 되는 폴라로이드가 정말 좋다!

우리 멤버 언니들도 다 하나씩 폴라로이드 카메라를 갖고 다니는 게 습관이 됐다. 유이 언니가 갖고 다니면서 찍는 걸 보니 다들 재밌어 보여서 하나씩 산거다. 짬짬이 쉬는 시간에도, 이동 중에도 찍고 싶은 게 있으면 언제든 카메라를 꺼내든다.

그 중에서 제일 재밌는 건 내 주위의 사람들을 찍는 것! 오늘따라 유난히 예뻐 보이는 멤버도 찍어보고, 재미 삼아 엽기적인 표정도 찍어보고, 특별한 장소에 가면 기념 삼아 인증샷도 찍고. 예쁘게 나온 사진이 있으면 날짜를 써서 선물로 주는 것도 재미있다. 우리 멤버들은 은근히 망가지면서 사진 찍는 걸 너무 즐긴다. 호기심에 들어가 본 일본의 한 성인샵에서 가슴모양 쿠션을 들고 찍은 사진은 정말 최고였다. 진짜 가슴같이 나왔다! ㅋㅋ

이렇게 찍은 사진들을 잘 간직하려고 폴라로이드 전용 앨범도 잔뜩 사뒀다. 일일이 찍은 기간도 다 써서 색깔별로 예쁘게 모아뒀다. 요즘은 연습하고 활동하느라 많이 못 찍고 있지만, 그래도 내 소중한 하루하루를 항상 찍어두고 싶다.^^

명란 오니기리

재료

명란젓 1쪽, 밥 1공기 반, 참기름 1/2큰 술, 소금 1/2작은 술, 구운 김 적당량

만들기

1. 명란젓은 몇 군데 찔러 칼집을 낸 뒤, 내열용기에 담고 랩을 씌워
40초간 전자레인지에서 익힌 다음, 작게 썬다.

2   따뜻한 밥에 참기름과 소금을 넣고 섞은 뒤, 1을 속에 넣고 삼각형 모양
으로 빚은 뒤, 구운 김으로 감싼다.

38살, 나의 생일 일기

미래 _ Future

백지처럼 새하얀 나의 미래, 앞으로 난 무엇을 하게 될까? 어떤 사람, 어떤 아내, 어떤 엄마가 되어 있을지 생각만 해도 가슴이 마구 뛴다. 어떤 사람들과 함께 어떤 삶을 살고 있을까? 아무것도 정해진 것 없는 미지의 앞날이 나는 너무나 궁금하고 또 실렌다. 하고 싶은 것도, 되고 싶은 것도 너무나 많은 나, 미래의 나를 위해 지금 열심히 하루하루를 충실히 살고 있지만 조금은 불안할 때도 있다. 정말 이 꿈들을, 내 소망을 다 이룰 수 있을까 하고.

그런데, 요즘 간절히 원하는 미래의 꿈과 계획을 미래 일기로 쓰면 꼭 이뤄진다는 말을 듣고 귀가 솔깃해졌다. 언제나 날 가슴 뛰게 하고 행복하게 하는 미래, 그 미래를 일기로 적는다는 것도 두근두근!

내 첫 미래일기 날짜는 2028년, 내 나이 38살 생일날로 결정했다. 그 나이 정도 되면 일에서도 무언가 하나쯤 이뤘을 거 같고, 사랑하는 사람과 결혼해서 귀여운 아이들도 함께 있을 테니까. 생일이면 또 내가 사랑하는 사람들이 다 모여서 행복한 시간을 가질 수 있을 것 같다. 두근두근 2028년, 내 생일 미래 일기를 써볼까? 내 미래는 내가 만드는 것이니까!

2028년 9월 14일. 오늘은 나의 생일이다.

오랜만에 사랑하는 친구들과 가족들, 우리 회사 직원들까지 한 자리에 모여서 즐거운 파티를 열었다. 매년 해오던 생일파티인데도 매번 나는 이날이 너무 즐겁다. 나의 남편과 아이들은 나보다 더 신이 나 보였다. 귀여운 아이들의 생일축하 노래를 들으며 촛불을 끄면 왜 이리 주책없이 눈물이 나는지. 내 취향을 잘 아는 남편이 골라 준 예쁜 반지와 아이들이 정성껏 써 준 편지를 받으면서 또 눈물이 났다. 너무 행복하면 눈물이 난다는 게 정말인가보다. 지금 난 한 가정의 어머니로서, 뷰티샵을 운영하는 CEO로서 너무 만족스러운 삶을 보내고 있다. 꼭 하고 싶었던 일을 하는 하루하루가 정말 충실하고 행복하다. 처음 만났을 때부터 지금까지 나를 한결같이 아껴주는 남편, 매일 나에게 행복을 주는 착한 우리 아이들. 나의 가족들은 내 힘의 원천이다. 그리고 오늘 나의 생일을 축하해 주기 위해서 모여 준 나의 소중한 사람들…….

언제나 내게 힘을 주고, 내 꿈을 믿고 든든한 버팀목이 되어 준 이들과 평생 함께 하고 싶다. 오늘은 정말, 그 어떤 날보다 행복한 생일이었다.

에그 베네딕트와 잉글리시 머핀

재료

잉글리시 머핀 2개, 베이컨 2장, 그린빈스 8줄기, 달걀 2개, 식초 1큰 술,
소금, 후추, 포도씨유 약간씩, 홀랜다이즈 소스(달걀노른자 2개, 녹인 버터
130g, 식초 1/2큰 술, 화이트와인 1작은 술, 소금, 후추 약간씩)

만들기

1. 잉글리시 머핀은 반 갈라 노릇하게 굽고, 베이컨과 그린빈스는 달군
팬에서 소금, 후추를 뿌려 볶는다.

2. 수란을 만든다. 냄비에 물을 넣고 끓으면 식초 1큰술을 넣고 저은 뒤,
식용유를 바른 국자를 담가 그 위에 달걀을 한 개 깨뜨려 넣고 반숙상태로
익힌다.

3. 홀렌다이즈 소스를 만든다. 볼 밑에 따뜻한 물을 대어 중탕으로
달걀노른자를 휘핑하다가 나머지 재료를 조금씩 넣어가면서 휘핑하여
걸쭉한 농도의 소스를 만든다.

4. 접시에 잉글리시 머핀과 베이컨, 그린빈스, 수란을 얹고,
그 위에 홀렌다이즈 소스를 끼얹는다.

나의 소중한 딸에게

아이_Child

우리 엄마는 '넌 딸이 좋아? 아들이 좋아?' 하는 질문을 자주 하셨다. 딸이든 아들이든 다 좋았지만, 난 항상 내 아이를 낳기보다 불쌍한 아이들을 입양해서 기르고 싶다고 생각했다. 여러 나라의 아이들을 입양해서 사랑으로 키우는 안젤리나 졸리^{Angelina Jolie}처럼, 가슴으로 낳아 키우는 입양은 아름답고 숭고한 일이니까. 어렵고 힘든 환경에서 자라나 마음에 상처 입은 아이들을 사랑으로 감싸주고 행복하게 해 주고 싶다.

그래도 아이를 낳게 되면, 나를 쏙 빼닮은 딸이었으면 좋겠다. 단 하나, 잔병치레 잦은 내 건강만 빼고. 건강 미인까지는 아니어도 가녀린 여성스런 몸매지만 속은 강단 있고 튼튼한 그런 아이였으면 좋겠다. 나를 닮은, 내

분신 같은 아이는 그저 바라보기만 해도 너무 행복할 것만 같다. 나처럼 외동 딸이면 너무 쓸쓸하니까 예쁜 여동생도 하나 더 있어야겠지. 난 항상 언니나 여동생이 있는 아이들이 부러웠었다. 언니와 동생이 다정하게 손잡고 걸어가면 너무 예뻐 보인다. 입양을 하던, 아이를 갖던 꼭 딸은 두 명이 좋다!^^

우리 딸들은 하고 싶은 일을 맘껏 할 수 있도록 팍팍 밀어주고 싶다. 공부를 잘 못해도 좋고, 많은 걸 경험하고 그 속에서 자기가 원하는 길을 갔으면 좋겠다. 나처럼 가수의 길을 걷고 싶다면 선배로서 조언도 아끼지 않을 거다. 구속하기보다 자유롭게 해 주고, 언제나 쿨한 모습의 그런 친구 같은 엄마로, 우리 딸들의 믿음직한 지원자가 되고 싶다. 그리고 나중에 우리 딸이 예쁘게 자라서 글을 읽을 수 있게 되면, 내 마음을 담은 이 편지를 꼭 보여주고 싶다.

사랑하는 나의 딸 진아에게

내가 세상에서 정말 사랑하고, 세상 어떤 것보다도 더욱 소중한 나의 딸 진아야! 진아가 엄마에게 와 줘서 엄만 정말 너무 감사하단다. 커가는 동안 여러 가지 힘든 일이 있을지라도 포기하지 않고 꿋꿋이 버텨나가는 진아가 되었으면 좋겠어. 너의 뒤에는 항상 너만을 믿고 지켜주는 엄마가 있다는 걸 잊지 말렴. 무엇보다 엄마한텐 너의 건강이 가장 중요하단다. 아프지 않고 건강하게 평생 엄마 곁에 있어줬음 좋겠구나.

우리 딸 진아, 정말 많이 사랑하고 사랑해!

데리야키 치킨 또띠아

재료

닭 안심 2장, 샐러드채소 적당량, 보라양파 1/8개, 마요네즈 2큰 술, 씨겨자 1작은 술, 또띠아 2장, 포도씨유,
소금, 참깨, 검은깨 1큰 술 씩, 후추, 청주 약간씩, 데리야키 소스(간장 1컵, 물 1/2컵, 생강 1/2톨, 마늘 2톨,
대파 1/4대, 설탕, 물엿 3큰 술 반씩)

만들기

1. 냄비에 분량의 데리야키 소스 재료를 넣고 반으로 졸아들 때까지 끓인 다음, 체에 거른다.

2. 닭 안심은 소금, 후추, 청주로 밑간하여 달군 팬에 포도씨유를 두르고 노릇하게 굽는다. 거의 다 익어갈
무렵 데리야키 소스를 2~3큰 술 넣고 졸이듯이 구운 뒤, 참깨와 검은깨를 뿌린다.

3. 팬에 또띠아를 살짝 구워 마요네즈와 씨겨자 섞은 것을 바르고 샐러드채소를 깐 다음, 닭 안심과 채 썬
보라양파를 얹어 돌돌 만 다음, 먹기 좋은 크기로 썬다.

남다른
나만의 웨딩마치

함께 있는 가족의 모습을 보면, 저절로 '행복'이란 단어가 떠오른다. 멋진 아빠, 예쁘고 다정한 엄마, 그리고 귀여운 아이들. 그래서 난 무조건 빨리, 일찍 결혼해서 예쁘고 젊은 엄마가 되고 싶었다. 결혼은 또 다른 내 삶의 시작 같다. 한 남자의 아내, 아이들의 엄마로 산다는 건 흥미롭고 행복한 일인 것 같다.

그런데 지금은 막연히 꿈만 꾸던 결혼에 대한 생각을 조금 현실적으로 바라보게 됐다. 내가 꿈꾸는 그런 사람을 만나고 결혼식을 하려면 내 꿈도 이루고 좀 안정됐을 때 하는 게 좋을 거 같아서. 난 이상이 높거든!^^

아직 결혼한 친구들도 없고, 그냥 친척 어른들 결혼식에만 따라다녀서 내가 모델로 삼고 싶은 결혼식은 한 번도 보질 못했다. 언제나 똑같은 재미없는 결혼식들. 주례 선생님의 지루한 말씀을 듣고, 우르르 몰려가서 재미없는 사진을 찍고, 그냥 밥 먹고 오는 그런 심심한 결혼식은 싫다. 주례사도 없고, 딱딱한 사회도 없고, 왁자지껄한 파티 같은 그런 결혼식이 좋다. 지나가던 사람들도 궁금해서 한번 들여다보는, 그러다 들어와서 함께 즐기고 축하해주는 그런 즐거운 결혼식! 그게 내가 꿈꾸는, 정말 축제 같은 결혼식이다.

결혼식에서 내 곁에 있어줄 신랑은……. 너무너무 나만 사랑해서 목숨처럼 아껴줄 수 있는 그런 남자일거다. 매년 내 생일마다 반지나 목걸이 같은 걸 꼭꼭 선물해 주는 로맨틱하고 나를 아껴주는 그런 남자, 근육질은 아니지만 훤칠한 키에 스타일이 좋은 멋진 남자. 내 이상형인 강동원처럼 아주 잘생기거나, 아니면 소지섭처럼 매력적이면 최고! 그리고 신혼여행은 샌프란시스코로 떠나는 거다. 영화에서 본 샌프란시스코는 참 아름다웠다. 아기자기하고 그림 같은 집들과 풍요롭고 편안해 보이는 산과 바다, 나무들의 모습이 너무나 예쁘고 평화로워 보였다. 사랑하는 사람과 그 평화로운 풍경을 바라볼 수 있다면 난 정말 행복할 거 같다.

나를 어느 누구보다 사랑하는 남자를 만나서 가족을 만든다는 것, 그리고 나와 똑같이 닮은 아이를 키운다는 것. 생각만 해도 기분 좋은 일이다. 항상 웃음이 떠나질 않는 가족, 서로를 자신보다 더욱 아끼고 사랑하는 가족, 난 그런 행복한 가족을 만들 자신이 있다.^^

3가지 크림치즈 스프레드와 바게트

재료

마늘크림치즈(다진 마늘 1/2큰 술, 크림치즈 2큰 술, 파슬리 약간), 유자청 크림치즈(유자청 1큰 술, 크림치즈 2큰 술), 햄 크림치즈(다진 햄 1큰 술, 크림치즈 2큰 술, 통후추 약간), 바게트 적당량

만들기

1. 다진 마늘은 내열용기에 담고 랩으로 싼 뒤, 전자레인지에서 1분간 돌려 크림치즈, 파슬리와 섞어 마늘크림치즈를 만든다.

2. 유자청 크림치즈와 햄 크림치즈도 각각의 재료를 고루 섞어 스프레드를 만든 뒤, 먹기 좋게 썬 바게트와 함께 곁들여 낸다.

10년 후의 나

비전_Vision

난 어릴 때부터 하고 싶은 게 정말 많았다. 10년 전인 어린 시절에는 동물을 좋아해서 수의사가 되고 싶었고, 돌고래 조련사도 되고 싶었다. 또 멋지게 자신을 보여줄 수 있는 모델도, 가수도, 연기자도 너무나도 해보고 싶었다. 10년이 지난 지금, 그 꿈들 중에서 벌써 반은 이룬 셈이다.

지금도 하고 싶은 게 너무나도 많지만 앞으로 10년 뒤, 내 사업을 할 수 있는 나이가 되면 꼭 해보고 싶은 게 있다. 그건 바로 나만의 뷰티샵! 나를 예쁘게 꾸미는 것도 즐거운 일이지만, 다른 사람들을 예쁘게 만들어 주는 건 참 기분 좋은 일이다. 꾸미는 것을 좋아하는 내겐 제일 잘 맞는 일이고, 정말 즐겁게 할 수 있는 일인 것 같다. 사실 뷰티샵을 갖고 싶다는 꿈은 어릴 때 그냥 막연히 꿈꾸는 희망사항만은 아니다. 자격증도 땄고, 벌써 대학교도 그쪽으로 진학했으니까.

　중학교 3학년 때 메이크업을 공부하던 친구를 따라 메이크업 학원에 처음 가 봤다. 정말 내가 좋아하는 것들, 배우고 싶은 것들이 잔뜩이었다. 너무 재미있어 보여서 엄마를 졸라서 당장 학원에 등록했다. 하면 할수록 너무 재미있고, 욕심이 계속 생겨났다. 메이크업은 물론이고 헤어도 배우고, 피부관리도 해보니 너무 재미있어서 나중엔 자격증까지 땄다. 지금도 메이크업을 받을 때면 나를 예쁘게 꾸며주는 손길을 하나하나 열심히 지켜본다. 아마 내가 가수로 데뷔하지 않았으면, 다른 가수들을 멋지게 꾸며주는 메이크업 아티스트가 되지 않았을까?^^

　그래도 아직 못해 본 뷰티 공부에 욕심이 난다. 네일아트도 꼭 배워서 자격증을 따고 싶고, 특히 마사지는 전 세계 마사지를 전부 다 배워보고 싶다. 그래서 탄탄히 실력을 갖추고 나면, 꼭 10년 뒤, 서른 살에는 내 뷰티샵을 열고 싶다. 예쁜 장식들로 아기자기하게 꾸민, 여자들이 좋아하는 예쁜 소품들로 아기자기하게 꾸민 나만의 뷰티샵! 그리고 첫 손님으로 우리 엄마를 모셔서 예쁘게 꾸며드리고 싶다. 그리고 우리 가족들도, 멤버들도, 친구들도…….예쁘게 해주고 싶은 소중한 사람들이 너무 많다.

까프레즈 샐러드

재료

후레쉬 모짜렐라 치즈 1개, 토마토 1개, 샐러드 야채, 치아바타 약간씩,
발사믹 드레싱(올리브오일 1큰 술, 발사믹 식초 2큰 술, 소금, 후추 약간씩)

만들기

1. 후레쉬 모짜렐라 치즈와 토마토는 얇게 썬 다음, 접시에 나란히 담는다.
2. 치아바타는 얇게 썰어 토스트 한 뒤, 샐러드야채, 1과 함께 곁들여
   담은 뒤, 발사믹 드레싱을 뿌려낸다.

나는 소망한다! 동물학대가 없는 세상을

내가 사랑하는 동물들이 다치고, 버림받고, 학대당하는 걸 보면 정말 눈물이 난다. 그래서 동물 학대 얘기를 듣거나 보게 되면 울고불고 한 적이 한두 번이 아니다. 길을 가다가도 쓰레기통을 뒤지는 유기견이나 비쩍 말라 시 이파보이는 길고양이를 보면 그냥 못 지나가고 집으로 꼭 데려간다. 덕분에 엄마의 원망이 장난이 아니다.

사람들에게 위안과 행복을 주는 동물들, 그만큼 소중한 존재인데도 사람들은 그 소중함을 잘 모르는 것 같다. 바로 옆집에서 그런 모습을 본 적이 있었다. 하얗고 조그만 강아지가 마당에 있는데 주인이 슬쩍 쳐다보고 집으로 다시 들어가는 걸 봤었다. 궁금해서 살짝 열려있는 대문으로 들어가서 보니, 눈도 못 뜨고 몸을 가누지 못할 만큼 아픈 강아지였다. 일단 우리 집으로 데려왔지만, 어린 나로서는 이 강아지를 병원으로 데려갈 돈이 없었다. 그리고 우리 집 해피한테 병이 옮을까봐 걱정되기도 했고. 그래서 동물보호센터 전화번호를 찾아 연락했다. 센터에서 오신 분들은 병을 고치면 연락을 주고, 안락사를 시키게 되면 연락이 없을 거라고 말해줬다. 혹시라도 연락이 오면 내가 키워보려고 했는데, 결국 전화는 오지 않았다. 불쌍한 아이……. 그때 나중에라도 다른 강아지를 키울 기회가 되면 꼭 버려진 강아지들을 입양하겠다고 마음먹었다.

　그리고 어느 날, 학교에서 자기가 정한 주제로 발표하는 숙제를 하게 됐다. 그때 자료를 찾다가 동물 학대 동영상을 발견해서 그 주제로 발표를 했다. 그때 내가 발견한 동영상은 어느 나라의 모피 시장을 찍은 영상이었는데. 모피를 얻기 위해서 살아 있는 너구리의 껍질을 그대로 벗기는 충격적인 영상이었다. 사람의 이익을 위해서 이런 학대가 너무 쉽게, 너무 많이 일어나고 있었다. 사람들에게 행복을 주는 동물들, 그렇게 친근한 존재들을 해치는 건 정말 하지 말아야 하는 행동이라고 생각한다. 말도 한 마디 못하는 동물들을 자기 이익을 위해, 자기 편의를 위해 학대하는 건 정말 슬픈 일이다. 동물 학대!! 반드시 없어져야 한다!

스파이시 오렌지 컴포트

재료

오렌지 2개, 생강 1톨, 팔각 2개, 통후추 10알, 계피 5cm 길이 1대,
물 2컵, 설탕 4큰 술

만들기

1. 오렌지는 껍질을 벗겨 알맹이는 먹기 좋은 크기로 썰고
껍질은 흰 부분을 도려내 잘게 썬다.

2. 냄비에 생강, 팔각, 통후추, 계피를 넣고 팔팔 끓여
향이 우러나면 설탕을 넣어 녹이고 오렌지와
오렌지 껍질을 넣고 불을 끈 다음, 차게 식혀 먹는다.

after
school

brunch
in

essay

Lizzy

언젠가는 꼭 해낼거야

직업 _ J o b

어렸을 적 내 꿈은 아나운서였다. 초등학교 때 나는 정말 간절한 마음으로 시험을 치고 방송부에 들어갔다. 당시 어떻게 했는지는 잘 기억나지 않지만 아무튼 선생님과 선배님들에게 방송 멘트를 잘한다는 칭찬을 많이 들었다. 그때부터 내 머릿속에는 백지에 콕 도장을 찍듯 '아나운서'란 단어가 더욱더 선명하게 박혔다. 모든 문서의 장래 희망 난에는 항상 아나운서란 단어를 또박또박 적어 넣었고.

한번 꽂힌 일에는 무조건 앞만 보고 달리는 성격 탓에, 이때부터 방송에 대한 열망은 무럭무럭 자라기 시작했다. 중고등학교 시절에도 연이어 방송

부원 혹은 청소년 기자단으로 활동했고, KBS 한국어능력시험도 착실히 준비했을 정도였으니까.

그런데 그토록 강렬했던 열망이 어느 순간 그렇게 쉽게 바뀐 걸까. 아마도 친구 따라 우연히 오디션을 보러 갔던 경험이 가장 큰 계기가 됐던 것 같다. 큰 기대 없이 '재미있는 경험' 정도로 여기고 룰루랄라 따라 나섰던 오디션 현장. 나는 그날 세상에 그처럼 많은 사람들이 가수가 되기를, 그렇게 강렬히 열망하는 모습을 처음 보았다. 현장의 열기는 비장했고 무시무시했고 충격적일 정도로 매력적이었다. 그 기운에 곧바로 전염된 나에게 방송의 꿈은 아나운서가 아닌 훨씬 강렬한 아우라를 품은 디바의 모습으로 대체된 것이다.

하지만 뮤지션으로서 출발선에 선 지금도 여전히 말 잘하는 아나운서나 MC들을 보면 은근 슬쩍 부러운 마음이 고개를 쳐든다. 단정하고 지적이며 살짝 냉철해 보이는 카리스마가 엿보이는 뉴스데스크 속 아나운서들도 부럽고, 유재석 오빠처럼 다재다능한 끼를 보여주며 활약하는 예능 프로그램의 MC들에게도 살짝 질투가 난다. 그래서 가끔은 중 고등학교 때 그랬던 것처럼 등을 꼿꼿이 세우고 거울 앞에서 뉴스를 읽듯 책을 읽어보기도 하고, 괜한 너스레를 떨어보기도 한다. 내 딴에는 연습해 본답시고 하는 짓인데, 그렇게 원맨쇼를 하면서 왠지 모르게 드는 근거 없는 자신감이란.^^

한 가지만 잘하는 사람보다 멀티플레이어가 더 환영 받는 세상. 몰래

하는 MC놀이를 통해 못 이룬 꿈을 언젠가 실현할 날이 오지 않을까, 은근 나는 기대하고 있다. 아직은 먼 미래의 일이겠지만 준비하는 자에게 기회가 온다는 말이 왠지 예사롭지 않게 느껴지는 기분이랄까. 내 말 한마디에 박장대소하고 환호해줄 사람들. 그들을 위해 더 열심히 책을 읽고 말하는 연습을 하는 나. 아직은 공상일 뿐이지만 난 그런 게 너무 짜릿하다. 꿈을 꾸는 게 너무 행복하고 좋으니까. 그래서 나에게 펼쳐질 앞날에 대해 긍정의 에너지를 모으려 한다. 베스트셀러인 《시크릿》에서 말하는 것처럼. 난 할 수 있어! 나중에 이걸 못해봤다고 괜한 후회 말고 무엇이든 힘껏 도전해보기! 세상은 넓고 할 일은 많고 나는 아직 젊디젊은 청춘이니까!

버섯 스크램블드 에그

재료

애느타리 버섯 1/2송이, 양송이버섯 3개, 방울토마토 5개, 달걀 2개,
파마산치즈 1큰 술, 우유 2큰 술, 빵 2장, 소금, 후추, 파슬리,
포도씨유, 토핑용 파마산 치즈 약간씩

만들기

1. 버섯들은 큼직하게 썰고, 방울토마토는 반으로 썬다. 달걀은
풀어서 파마산치즈, 우유, 소금, 후추, 파슬리를 넣고 고루 섞는다.

2. 달군 팬에 포도씨유를 두르고 버섯, 소금, 후추를 넣어 볶는다.
여기에 1의 달걀물을 넣고 약한 불에서 젓가락으로 휘저어가며
볶는다. 달걀이 거의 다 익어갈 무렵 방울토마토를 넣는다.

3. 노릇하게 구운 빵 위에 2를 얹고 파마산치즈를 뿌려낸다.

이 감동, 꼭 돌려드리겠어요

감동_Moving

열아홉. 인생 경험이 짧다면 아주 짧은 나이지만 나에겐 온 몸에 전율이 도는 것 같은 감동적인 순간이 두 번이나 있었다. 하나는 부산에서 서울로 올라올 때 고등학교 반 친구들과 선생님들이 열어줬던 깜짝 환송회. 환송회가 뭐 그렇게 대단하냐고 누군가는 어이없어 할지도 모르겠지만. 글쎄, 처음으로 고향 부산을 떠나 서울로 가야 했을 때, 난 왜 그리 비장하고 또 그만큼의 무게로 떨렸었는지. 홀로 낭떠러지 앞의 구름다리를 걸어가는 기분이랄까, 함께 고민을 나누던 친구들과 사랑했던 부산의 모든 것으로부터 이별이라 생각하니, 왠지 다시는 못 볼 것 같은 막막한 심정이 되었던 것 같다. 물론 돌이켜 생각하니 정말 말도 안 되는 생각이었지만.

전학 가기 며칠 전, 친구들이 열어준 깜짝 환송 파티는 하루 종일 이어졌다. 다 같이 밥 먹고 경성대학교 근처 커다란 노래방에 가서 실컷 노래도 부르고. 마지막 노래가 끝나고 친구들 한 명 한 명, 그리고 선생님께서는 내 손에 각자의 마음을 담은 편지 한 통씩을 쥐어주었다. 정말 한 손에 다 쥘 수 없을 만큼 수북했던 그 편지들. 갑자기 헤어져서 너무나 아쉽지만 꼭 성공할 거라는 격려, 멀리 떨어져 있지만 마음으로 늘 응원하겠다는 이야기들…. 왠지 모를 상실감에 톡 하면 터질 것 같은 물기를 머금고 있었던 난 그날 밤 편지들을 모두 읽었고 정말이지, 1리터는 되지 않을까 싶은 눈물을 펑펑 쏟고야 말았다.

두 번째 순간은 첫 데뷔 무대, 방송 현장에서였다. 애프터스쿨의 8번째 멤버로 세상에 첫 선을 보이던 날! 심장은 너무 두근거려서 터질 것만 같았고 긴장감과 설렘이 마구 뒤섞여 뭐가 뭔지 모를 감정 속에서 무대 위에 섰던 것 같다. 캄캄했던 무대 위에 어느 순간 스포트라이트가 눈부시게 비쳐 들었고 음악이 터져 나왔고 난 그간 준비했던 모든 걸 보여주기 위해 땀에 흠뻑 젖어가며 노래를 하고 춤을 췄다. 아직 아무도 나를 알지 못하지만, 나 리지가 여기 있습니다! 제 노력을, 저를 보아주세요! 그런 심정이 120%로 차올랐을 때, 바로 그 순간. 마치 내 마음에 응답하듯, 객석의 누군가가 아주 큰 목소리로, 현장의 음악과 환호성을 뚫고 내 귀에까지 들릴 정도로, 이렇게 외쳤다. "리지야~~~!" 아하, 벅차오른다는 게 진정 어떤 느낌인지 난 그날 생전 처음 깨달았다. 내 이름을 불러주고, 환호성을 질러주고, 아직 너무나 부족한 나를, 나라는 이유로 좋아해주는 사람들이 있구나. 살아 있다는 느낌이 이런 거구나, 이 순간을 위해 내가 달려왔구나. 내가 노력한 만큼 알아주는 사람이 있는 건, 정말 행운이구나. 아, 감사한 일이구나.

정말 짧은 순간이지만 수많은 생각들과 영상들이 가슴 속을 쓸고 내려갔다. 나 못지않게 마음 고생 많이 하셨을 사랑하는 부모님, 지금까지 연락을 주고받으며 격려해주는 고등학교 친구들과 선생님, 그리고 나를 좋아해주는 팬들. 나에게 아낌없이 베푸는 소속사 식구들. 뒤에서 지켜봐 주고 응원해주는 그 모든 이들을 위해, 열심히 최선을 다할 것. 나는 그날 밤 다시 눈물을 평평 쏟으며 그리고 활짝 웃으며 이렇게 다짐했다. 모두가 웃는 그날을 위해, 모두에게 내가 감동을 전달할 그날을 위해!

까망베르 감자 그라탕

재료

까망베르 치즈 1개, 감자 2개, 브로콜리 1/2송이, 양파 1/4개, 베이컨 2장,
모짜렐라 치즈 1/2컵, 생크림 1/3컵, 소금, 후추 약간씩

만들기

1. 까망베르 치즈와 감자, 브로콜리, 양파, 베이컨은 먹기 좋은 크기로 썬다.

2. 감자는 소금물에 삶아 2/3정도 익히고 브로콜리도 같이 살짝 데친다.

3. 오븐용기에 1,2의 재료와 모짜렐라 치즈, 생크림을 켜켜이 담은 뒤, 소금, 후추를
   뿌리고 200도로 예열된 오븐에서 치즈가 노릇해질 때까지 10여 분간 굽는다.

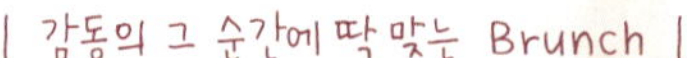

Sixteen going on Seventeen

나는 영화 〈사운드 오브 뮤직The Sound Of Music〉을 너무 좋아한다. 폴라로이드 색감처럼 향수를 자극하는 옛날 느낌이 물씬 풍기는 배경도 너무 좋고, 아름다운 자연환경에서 펼쳐지는 기승전결 확실한 스토리도 재미있다. 맑고 정아한 이미지에 항상 희망을 잃지 않는 굳건한 여주인공, 줄리 앤드류스는 내 인생의 멘토다. 그러니 몇 번을 돌려봐도 지루하지 않다. 하지만 무엇보다 내가 이 영화를 사랑하는 이유는 뮤지컬 배우이기도 한 줄리 앤드류스와 7명의 아이들이 부르는 낭랑하고 청아한 노래들이 너무나 최고이기 때문이다. OST를 통해 노래들을 듣고 있으면 이 영화가 처음 개봉된 1978년은 내가 태어나지도 않은 해였지만 왠지 낭만적인 기운으로 가득했을 것 같다.

많은 이들이 〈사운드 오브 뮤직〉의 대표곡으로 에델바이스나 도레미 송을 꼽는다. 난 좀 다르다. 난 영화에서 'Sixteen going on Seventeen'이란 노래를 최고로 꼽고 사람들에게 마치 내 노래인양 자랑하고 다닌다. 그 노래 아세요, 기억나요? 묻고는 상대방이 안다며 동의를 해오면 아주 신나라 한다. '넌 열여섯 살에서 열일곱 살이 되니, 진정 삶을 시작할 때야'로 시작하는 이 곡은 멋진 청년과 사랑에 빠지고 그의 아내가 되면 세상이 온통 달라지며 그때부터 인생은 새로운 모험으로 가득 찰 것이라고 속삭인다. 아니, 17세가 사랑에 빠지고 결혼을 꿈꾸다니? 요즘은 언감생심 꿈도 못 꿀 일이지만 당시라면 고개가 끄덕끄덕.

난 이 노래의 그런 부분들을 나만의 방식으로 살짝 새롭게 해석해서 상상하며 듣곤 했다. '어느 흥미로운 일이, 꿈이 너의 마음을 사로잡을 거야, 만약 그런 일이 생긴다면 분명 모든 게 달라질 거야. 과거의 생각은 잊어버리고 새로운 생각을 하게 되지. 이런 모험을 하게 되리라곤 상상도 못할 걸.'

지금은 이 영화와 이 노래가 가끔 마음의 치료제처럼 쓰이기도 한다. 노래 가사가 너무나, 딱 지금의 내 상황인 것만 같다. 심지어 최근 영화를 다시 봤을 때는 줄리 앤드류스가 이런 대사를 읊는 장면이 있어 깜짝 놀랐다. "노래로는 사람의 마음을 바꿀 수 있어."

아주 꼬맹이 시절 이 영화를 처음 본 이후로 노래하는 게 좋아졌고, 엄마를 졸라 초등학교 때는 잠시 성악을 배우기도 했다. 물론 가수가 되겠다는 거창한 꿈같은 건 그땐 없었다. 좋아하니까 무작정 배우고 싶었고 더 잘 해 보고 싶었던 것 같다. 하지만 되돌아보니, 이 영화는 진정 내 인생의 영화! 노래로는 사람의 마음을 바꿀 수 있고, 영화로도 사람의 인생을 바꿀 수 있단 걸 알았다.

　이제 나는 내 인생의 두 번째 영화를 기다린다. 두 번째 노래도. 그리고 무엇보다, 애프터스쿨로 내가 지금 부르는 노래들이 누군가의 인생에 첫 번째 혹은 두 번째 노래가 된다면 더욱 뿌듯하겠지!

베이컨말이 소시지 구이와
양배추 와인 볶음

재료

소시지 4개, 베이컨 4장, 양배추잎 10장, 와인식초소스(화이트 와인 2큰 술, 식초, 설탕 1큰 술씩, 소금 1/2작은 술, 레몬즙 약간), 그린빈스 6줄기, 냉동 웨지감자, 소금, 후추 약간씩

만들기

1. 소시지는 베이컨으로 감아 달군 팬에서 노릇하게 굽는다.
2. 양배추는 굵게 채 썬 다음, 달군 팬에 와인식초소스를 뿌려가며 볶는다.
3. 접시에 1과 2를 담고, 소금, 후추로 간 하여 볶은 그린빈스와 웨지감자 튀긴 것을 같이 곁들여 담는다.

바다, 그 은밀한 기쁨

난 꽤 오랫동안 수영을 했었다. 초등학교 1학년 때부터 중학교 2학년 때까지, 무려 8년이나 된다. 남들은 이 이야기를 들으면 혹시 수영선수가 꿈이었냐고 입을 모아 묻는다. 단 한번도, 그런 걸 꿈꿔본 일은 없다.

전혀 전문적이지 않은 그저 취미 생활 정도의 수준이었지만 수영은 마치 걷기처럼 아주 자연스러운 내 삶의 한 부분이었던 것 같다. 엄마가 억지로 시킨 것도 아니요, 하기 싫다고 투정 부려본 적도 없으니까. 밥 먹으면 물을 마시듯 자연스러운 수순, 일상을 이루는 하나의 습관 같은 것이었다.

덕분에 지금까지도 내 몸은 꽤 건강하다. 몸무게도 적정 수준을 한결같이 유지하는 편이고, 춤추고 노래할 때 물론 힘은 들지만 아주 녹초가 될 정도까지 가본 적도 없다. 수영이 폐활량을 키워주고 팔다리를 튼튼하게 해주고 다이어트에도 도움이 된다는 건 그러니까, 정말 맞는 말이란 걸 실감한다. 한 마디로 신통방통한 운동이다. 근육보다는 몸매의 라인을 살려준다는 점도 그렇고.

하지만 지금 내가 그 시절의 수영을 그리워하는 건 좀 다른 이유에서다. 처음 수영을 배우기 시작할 때 난 물이란 존재에 엄청난 친밀감과 더불어 이제껏 느껴보지 못한 거대함을 느꼈다. 본격적으로 팔 다리를 휘저으며 물살을 가르고 자유형을 시작할 때는 두려움을 없애기 위해 살아남기 위해 바다에서 헤엄치는 영화 속 주인공들을 상상해보기도 했다. 고작 얕은 깊이의 실내 수영장이었지만.

그때 내가 온 몸을 힘껏 들이밀어 유영하던 세계는 분명 집이나 학교, 길거리에서는 맛볼 수 없었던 또 다른 기쁨을 맛보게 해주었다. 물의 세계. 지구의 절반을 이루고 있는 어떤 존재. 투명하고 잡히지 않으며 흘러가고 끊임없이 생성되는 것. 바다에 처음 수영하러 나갔을 때 이런 어렴풋한 느낌은 더욱 선명하게 피부에 와 닿았다. 이건 마치 내가 무대에 서서 노래를 부를 때 느끼는 그런 존재감과 흡사한 건데, 아, 잘 설명은 못하겠다. 아무튼 수영은 나라는 존재, 내가 살고 있는 이 지구라는 존재에 대해 끈끈하게 생각하게 한다는 점에서 너무나 훌륭한 운동이었다.

그래서인지 지금도 가끔씩 진짜 바다에서 수영을 하고 싶다. 마치 〈화양연화〉의 양조위가 앙코르와트의 나무 구멍에 대고 비밀 이야기를 하는 것처럼, 나만의 빛나는 내면이 온전히 보장받는 시간이니까. 바다 속에서 한참 놀다 나오면 머릿속 걱정거리들이 진짜 물에 헹궈지고 씻겨나간 듯 몸과 마음이 훨씬 가뿐하고 신선해진다. 올 여름엔 꼭 한번 다시 가보고 싶다. 따뜻한 여름 바다 속을 떠다니며 은밀한 기쁨을 만끽할 내 모습을 상상하면 벌써부터 온 몸과 마음이 부풀어 오르는 것 같다.

야채스틱과 크림치즈 딥

재료

빨강, 노랑 파프리카 1개씩, 샐러리 1/2대, 방울토마토 6개, 메추리알
12개, 브레드 칩 적당량, 크림치즈 딥(크림치즈 3큰 술, 마요네즈, 다진
양파 1큰 술 반씩, 레몬즙 1큰 술, 파슬리 약간)

만들기

1. 파프리카와 샐러리는 굵직하게 스틱모양으로 썰고 메추리알은
삶아둔다.

2. 접시에 스틱모양으로 썬 채소들과 방울토마토, 메추리알, 브레드
칩을 곁들여 담고, 분량의 재료로 만든 크림치즈 딥을 곁들인다.

매운 맛의 위력

스트레스 _ Stress

엄마가 종종 만들어 주시던 매운 음식을 기억한다. 모녀가 서로 다투거나(손가락에 거의 꼽을 만큼이지만) 내가 어떤 일로 스트레스를 받아 우울해하면 식탁 위에는 꼭 눈물 나게 매운 떡볶이나 엄청나게 화끈한 오징어 고추장구이 같은 메뉴가 올라오곤 했다. 툴툴거리며 의자에 앉아 한 숟갈 입에 넣는 순간, 이 특별한 음식의 마력은 짜증과 분노, 우울, 꼬집어 설명할 수 없는 찜찜함 따위의 감정들을 0.1초 내로 사라지게 만들었다. 입 주위를 미치도록 따갑게 만드는 화끈거림이 목구멍을 지나 식도, 위장에 이르면 그야말로 매운 맛의 위력은 온 몸이 불타는 듯한 괴로움과 약간의 희열 같은 걸 안겨주었는데, 이 눈물 쏙 빼는 놀라운 과정을 몇 번 거치고 나면 이상하게도 괴로웠던 감정 따위는 어느새 자취를 싹 감춰버렸던 것이다.

이후로 나에게 매운 맛은 자연스레 위로의 맛이 되어 버렸다. 포근한 달걀말이나 감칠맛 나는 우동 같은 국물 음식이 아니라, 웃기게도 매운 맛이라니. 내가 생각해도 좀 유별나긴 하다. 하지만 뭐, 가끔 친구들에게 이 매운 맛 효과를 설명하며 음식을 해주면 다들 고개를 끄덕였던 걸로 봐서는 아주 잘못된 처방 같지는 않다.

엄마와 떨어져 있는 요즘 내가 자주 해먹는 요리는, 사실 너무 쉬워 요리라고 부르기도 민망하지만, 할라피뇨를 넣은 샌드위치. 머나먼 나라 멕시코의 고추인 할라피뇨는 짜리몽땅하고 통통한 몸매를 지닌 귀여운 녀석인데, 맛은 꽤나 매섭다. 요즘엔 웬만한 마트에 가면 쉽게 구할 수 있어 쉬는 날 아침이면 난 이 녀석을 데려다가 도마 위에서 잘게 다진 후 마요네즈에 섞어 아무 빵에나 슥슥 발라 먹는다. 조금 더 특별하게 즐기고 싶을 땐 햄, 치즈, 야채 등과 함께 넣어 정식 샌드위치를 만들기도 하고. 엄마가 만들어준 요리만큼의 화끈함은 없지만 특유의 매콤함과 쌉싸름한 맛이 매력이다. 부드러운 마요네즈 맛과 잘 어우러져 감칠맛이 나는데, 먹다 보면 빵 도둑이라 불릴 만큼 자꾸 손이 가는 특별식이다. 그리고 무엇보다 매운 요리를 잘 해주시던 엄마를 떠올리게 한다는 점에서 아주 좋아한다.

최근 나는 이 할라피뇨 특별식을 여러 번 만들어 먹어야 했다. 그것도 마요네즈 양을 줄여서 확 맵게. 새 앨범의 타이틀곡인 '뱅Bang!'의 안무를 익히느라 진땀을 빼야 했기 때문이다. 춤은 노력하는 만큼 잘 추게 되어 있는데, 암초처럼 아무리 노력해도 생각만큼 안 되는 부분들이 꼭 있다. 너무 속이 상해서 울기도 여러 번. 다행히 무대에 오르기 전에 극복해 내긴 했지만 그 사이 이 매운맛 특별식의 위로를 받지 않았다면 더 쉽게 지치고 좌절했을 지도 모를 일이다. 엄마, 그리고 엄마의 마음으로 날 응원하는 사람들을 위해, 앞으로 나는 매운 맛 요리를 더 많이 개발해 볼 생각이다.

할라피뇨 햄 샌드위치

재료

할라피뇨 2큰 술, 마요네즈 2큰 술, 슬라이스햄 6장, 잭치즈 슬라이스 6장, 통깨 바게트 1개

만들기

1. 통깨 바게트는 반 갈라 노릇하게 구운 뒤, 다진 할라피뇨와 마요네즈 섞은 것을 듬뿍 바른다.

2. 1에 슬라이스 햄과 잭치즈를 얹고, 꼬치를 꽂아 고정시킨다.

작은 습관을 하나 만드세요

운명 같은 만남. 좀 진부한 표현 같지만 나는 운명의 힘을 믿는다. 친구 따라 오디션장에 갔다가 그 치열한 경쟁 속에서 '내가 캐스팅이 됐다'는 사실부터가 이미 운명의 힘이 작용한 것처럼 여겨진다. 캐스팅과 관련된 나만의 특별 비화(?)는 또 있다. 플레디스(소속사)의 이사님이 스케줄 때문에 부산에 오셨다가 내가 다니던 고등학교 앞 버스정류장에서 우연히 나를 보았다는 것이다. 그때까지 나를 실제로는 한 번도 보신 적이 없고 그저 캐스팅 영상을 통해 잠깐 보신 정도였는데 수많은 사람들 중에 나를 단번에 알아보셨다고 하니 그저 놀라울 뿐이었다. 아무튼 그 이야기를 들은 후 곰곰이 생각해보니 내가 애프터스쿨의 8번째 멤버가 된 것은, 정말 플레디스와 나의 운명이 아닐까 싶었다.

　　하나 더 진부한 이야기를 할까 한다. 운명이란 결국 기회를 잡느냐 못 잡느냐에 따라 갈리는데, 그 기회는 역시 노력하는 자에게만 온다는 것이다. 그리고 그 노력은 일상의 작은 습관을 어떻게 컨트롤 하는가의 문제라고 말하고 싶다. 물론 내가 평소 그렇게 완벽한 사람이란 소리는 결코 아니다.

　　작은 습관이란 복을 불러오기도 하고 화를 불러오기도 하는 일상적인 자세다. 이왕이면 복을 불러오는 쪽으로 애쓰면 그것이 나중에 반드시 어떤 기회로 둔갑해 사람이 잘 되는 일을 나는 종종 목격해왔다. 인사만 잘해도 첫인상이 달라지며 심지어 그 후배가 예뻐서 더 잘 해주고 싶다고 선배들은 이야기한다. 그건 바로 예의를 잘 지키는 작은 습관에서 오는 복이다. 전화 한 통, 이메일 하나에도 세심히 신경 쓰는 것은 소통의 습관을 잘 컨트롤하고 있다는 의미인데, 그런 사람치고 인간관계 때문에 속 썩는 모습을 한 번도 보지 못했다. 따스한 마음으로 스킨십을 잘 하는 사람에게도 복이 온다. 우리 멤버 중에는 베카 언니가 특히 스킨십을 잘 하는데, 멤버들뿐만 아니라 베카 언니의 지인들은 모두들 언니를 무척 좋아하고 잘 해주려 애쓴다. 시간을 철저히 관리하는 사람에게도 복은 온다. 이건 우리 애프터스쿨 멤버 전부가 철저히 지키는 것 중 하나다.

　　요즘 내가 특별히 노력하는 작은 습관을 하나 공개하겠다. 그건 바로 암시와 최면이다. 그렇다고 레드썬같은 걸 상상하지 마시라.^^ 매일 아침 나는 거울 속 나를 보며 이렇게 세 번 말해준다. "난 할 수 있다!" 밤에 잘 때도 한 번 더 그렇게 한다. 이 작은 습관의 힘이 1년 후, 그리고 10년 후 나에게 어떤 운명을 가져다줄지, 나는 즐거운 마음으로 기다려볼 작정이다. 난 운명의 힘을 믿으니까.

+

+

+

허브 쉬림프 샐러드

재료

마늘 2톨, 손질새우 10마리, 허브소금(소금 1작은 술, 바질 1/4작은 술, 고춧가루, 후추 약간씩) 약간, 또띠아 2장, 화이트와인, 올리브오일, 샐러드 채소 적당량, 머스타드 드레싱(머스타드 1큰 술, 올리브오일 1큰 술, 식초 1큰 술 반, 설탕 1/2작은 술, 파슬리, 후추 약간씩)

만들기

1. 마늘은 얇게 저미고 손질새우는 화이트와인을 뿌려둔다.
2. 달군 팬에 올리브오일을 두르고 마늘과 손질새우, 허브소금을 넣고 센 불에 볶은 뒤, 샐러드야채, 기름기 없이 구운 또띠아와 함께 접시에 담고, 머스타드 드레싱을 곁들여 낸다.

아름다운 중독

중독 _ Holic

나는 단 것을 무척 좋아한다. 심히 외면하고 싶은 진실이지만, 이제 용감하게 현실을 인정해야겠다. 어렸을 적부터 내 책가방에는 항상 군것질거리가 잔뜩 들어있었다. 과자, 사탕, 껌, 초콜릿 등등. 방앗간 앞 참새마냥 하루라도 편의점이나 제과점을 그냥 지나치지 못했고, 가끔씩은 용돈의 많은 부분을 군것질에 할애하기도 했지만 지금은 적당히 즐기려고 노력하는 중이다.

입 안에서 녹아내리는 달달한 맛이 가져다주는 평화로움. 이건 직장인들이 저녁 무렵 퇴근 후에 느끼는 안도감과 비슷한 감정이 아닐까. 아마도 내가 단 것을 쉽게 끊지 못하는 이유일 것이다. 그리고 사실 '평화' 어쩌구 저

쩌구 할 정도면 정말 '중독스럽게' 여겨지기도 하고.

의외로 내 주변에는 나처럼 단 것을 사랑하고 쉽게 끊지 못하는 사람들이 꽤 있다. 하지만 평화로움보다는 죄책감이 더 크다며 심란해한다. 다이어트 중인 친구 A가 특히 그렇다.

"달디 단 컵케이크를 먹을 땐 정말 이게 마지막이다라고 속으로 외쳐. 입 안에 한입 베어 물 땐 그렇게 행복할 수가 없어. 온갖 스트레스가 확 날아가 버리는 기분이라니까. 그런데 다 먹고 나면 사정이 완전히 달라지지. 나 자신이 너무 한심해서 죽고 싶어지는 우울함. 정말 의지박약이라니까."

정말이지, 단 것은 사람을 살리고 또 죽이는구나. 그 이야기를 들으면서 내 머릿속에 떠오른 생각은 엉뚱했다. 그런데 잠깐. 과연 나는 이렇게 단 것을 계속 먹어도 문제가 없는 걸까? 잠시 후, 마치 친구의 말에 전염이라도 된 양 슬며시 죄책감이 파도처럼 밀려들었다. 사실 나야말로 다이어트가 필수인 사람 아닌가. 사실 건강에도 그다지 좋은 것도 아니고! 많이 반성한 이후 난 단 것과의 전쟁을 선포하고 갖은 노력을 기울이기 시작했다. 입이 심심할 때마다 일부러 물을 많이 마시거나(사실 이것이 가장 효과가 있었다) 한 밤중에 뭔가가 당길 때는 아파트 경비실 앞에서 줄넘기를 하기도 했다. 하지만 결과는 그리 좋지 않았다. 강력하게 인내심을 발휘한 뒤엔 왠지 모를 보상 심리가 강해져서 과자 같은 군것질거리가 아닌 떡볶이나 튀김 같은 또 다른 간식의 유혹에 넘어가곤 했기 때문이다. 그리고 어느 순간, 난 깨달았다. 아, 단 것

을 피하려는 마음 자체가 이미 단 것의 노예란 증거구나! 피하려는 마음 자체
가 없으면 노예가 아닌데, 중독이 아닐 텐데.

　　결국 속 편하게 '나 홀로 결론'을 내리고 말았다. 과하지 않게 적당히
즐기기. 달달한 것의 위안을 달콤하게 누릴 정도로만. 난 이걸 아름다운 중독
이라 부르기로 했다.

메이플 크림치즈 토스트

재료

통식빵 1/4개 분량, 호두 1큰 술, 청포도, 포도 5알씩, 메이플시럽 1큰 술, 메이플 월넛 크림치즈(크림치즈 1/4통, 다진 호두 1큰 술 반, 메이플시럽 1/2큰 술)

만들기

1. 두툼하게 썬 통식빵은 200도로 예열된 오븐에서 3~4분간 노릇하게 굽는다.
2. 실온에 두어 부드러운 상태의 크림치즈에 다진 호두와 메이플 시럽을 넣고 섞어 메이플 월넛 크림치즈를 만든다.
3. 2를 통식빵 위에 얹고, 호두, 청포도, 포도를 함께 얹은 뒤, 먹기 직전 메이플 시럽을 듬뿍 끼얹는다.

PLAY GIRLZ

CREDIT

Producer Sung Soo Han (PLEDIS)
Chief-Director of Production & Management 정해창 (PLEDIS)
Chief-Director of Contents & Marketing Planning 이영은 (PLEDIS)
International Managing Director 박제준 (PLEDIS)
Artist Development 유정희, 박선희, 조미희 (PLEDIS)
Marketing Planning 김다운, 김정열 (PLEDIS)
Promotion & Management 박세중, 정을권, 진기찬, 안소량 (PLEDIS)

Stylist 서수경 Asst. 김가인, 정지수 (TEO)
Make-up 무진, 길주, 효정 (Jenny House)
Hair 범호, 성은, 수화 Asst. 지문, 주연 (Jenny House)

Special Thanks To

브레드가든 www.ezbaking.com   오이시이 www.oisii.co.kr

KI신서 2486

Play Girlz!

1판 1쇄 발행 2010년 6월 4일
1판 2쇄 발행 2010년 6월 7일

지은이 애프터스쿨 **펴낸이** 김영곤 **펴낸곳** (주)북이십일 21세기북스
취재·정리 정은천 권내리 **푸드 스타일링** 김보선 **사진** 이보영
기획·편집 황상욱 **본부장** 이승현 **마케팅·영업** 도건홍 김남연
디자인 (주)디자인신지 **일러스트** 베카(After School)
출판등록 2000년 5월 6일 제 10-1965호
주소 (우413-756) 경기도 파주시 교하읍 문발리 파주출판단지 518-3
대표전화 031-955-2100 **내용문의** 031-955-2107 **팩스** 031-955-2122
이메일 book21@book21.co.kr **홈페이지** www.book21.co.kr **트위터** @pcon21

© 2010 플레디스

ISBN 978-89-509-2439-3 03810
값 15,000원